LE VOLUME DU TEMPS

II

Solvej Balle a été découverte par la critique dans les années 1990. Elle disparaît ensuite de la vie littéraire pendant une vingtaine d'années afin de travailler à une série en sept tomes, *Le Volume du temps*, sur l'île de Ærø, où elle réside encore aujourd'hui. Dès la publication du premier livre, cette série devient culte parmi les libraires, les critiques et les lecteurs danois. Récompensé par le très prestigieux Grand Prix de littérature du Conseil nordique en 2022, en cours de traduction dans plus de vingt langues, *Le Volume du temps* est en train de conquérir le monde entier.

Paru au Livre de Poche :

LE VOLUME DU TEMPS, t. I

SOLVEJ BALLE

Le Volume du temps

II

ROMAN TRADUIT DU DANOIS PAR TERJE SINDING

GRASSET

Titre original :

OM UDREGNING AF RUMFANG, II.
Publié par Pelagraf en 2020.

ISBN : 978-2-253-25141-5 – 1re publication LGF

368

Mais qu'est-ce que j'avais imaginé ? Que le temps était un train qu'on pouvait prendre en marche ? Qu'une année existait sous mon dix-huit novembre, tel un courant souterrain ?

Je suis assise devant la fenêtre de la chambre 16, à l'Hôtel du Lison. J'ai collectionné les journées. Trois cent soixante-cinq journées de novembre. Pour quoi faire ? Comme si un paquet de journées automnales pouvait constituer une année. À quoi bon s'apprêter à sauter ? Ou à plonger ? Revenue à mon point de départ au bout d'une année, je pourrais enfin échapper aux répétitions : était-ce cela que j'avais imaginé ? Un dix-huit novembre dont les portes s'ouvriraient pour livrer passage à un temps reconnaissable ? Peut-être. Mais les choses ne se passent pas ainsi.

Je me promène dans mon dix-huit novembre. Je cherche une porte de sortie, je guette les différences, mais il n'y en a pas. C'est la même journée.

Ai-je vraiment pu croire qu'une année normale courait en dessous ? Comme si le véritable calendrier se cachait quelque part dans les profondeurs, sous la surface formée par les répétitions. Comme si, réfugié sous une succession de journées identiques, le temps allait accoucher d'un dix-huit novembre différent, dans lequel il suffirait de sauter pour échapper au maelström des recommencements. Un autre dix-huit novembre : la planche de salut qui me délivrerait de mon océan de rabâchages. Un morceau de bois flottant auquel je m'agripperais jusqu'à atteindre la terre ferme et remonter sur la plage du dix-neuf. Une matinée avec un journal tout frais pour accompagner mon café, et une autre réceptionniste derrière le comptoir. Une matinée sans pluie. Ou noyée sous la pluie diluvienne, les inondations, les orages, la neige. N'importe quoi, à condition que ce ne soit pas encore pareil. Comme si le jour 365 représentait un dénouement magique. Pas seulement un numéro dans une file interminable. Un départ nouveau, un passage vers le dix-neuf. Et le vingt. Comme s'il y avait une sortie, pas seulement une journée qui disparaissait pour laisser place à un dix-huit novembre de plus. Puis au suivant. Jour 367, jour 368. Demain, ce sera le jour 369.

Si rien ne se passait, le cortège serait sans fin. Il ne s'est rien passé, et le cortège est sans fin. Un dix-huit novembre différent n'a pas surgi, une nouvelle chronologie n'a pas émergé des profondeurs, je n'ai pas accosté sur la plage du dix-neuf et le vingt n'est pas venu. C'est toujours le même dix-huit novembre et je ne vois aucun changement.

Hier je me suis levée de bonne heure. Après mon retour à l'hôtel j'avais sombré dans un sommeil profond, épuisée par l'attente anxieuse d'une journée de novembre différente. Me réveillant en sursaut, j'ai vu la pochette contenant l'écrin du sesterce romain que Philip Maurel m'avait donné. Elle était à côté de mon oreiller, et je me suis rappelé les événements de la veille : après avoir rencontré Philip je l'avais accompagné à sa boutique, puis Philip et Marie m'avaient montré leur nouvel appartement. Je me souvenais de notre déambulation parmi les objets laissés par l'ancienne propriétaire. J'avais tout raconté à mes amis : le temps s'était détraqué, mais j'espérais retrouver une temporalité reconnaissable. Ils m'avaient donné une pochette contenant un sesterce romain et m'avaient mise à la porte.

J'ai tout de suite quitté le lit, j'ai enfilé mes vêtements et suis descendue à la réception. J'ignorais quelle heure il était, mais les journaux étaient arrivés. C'étaient les mêmes. Ceux du dix-huit. Tout frais. Dans la salle des petits déjeuners, la cafetière électrique marchait déjà et le personnel était en train de disposer des croissants et du pain dans des paniers. Je me suis assise en espérant que la journée serait différente, mais je n'ai vu aucun changement. J'étais bien obligée de constater que tout se répétait : les mêmes visages familiers, les mêmes gestes, les mêmes mouvements. J'ai encore assisté au vol plané de la tranche de pain. Nous étions le dix-huit. Évidemment.

Du réveil au coucher, la journée était identique aux autres. Tout était parfaitement reconnaissable. Et ce matin nous sommes de nouveau le dix-huit novembre. Rien n'est différent. Je suis passée sans obstacle à l'an 2. Ou plutôt, j'ai atteint le dix-huit novembre # 368 dans un temps dépourvu d'années, de semaines et de mois. Sans rien d'autre qu'une seule journée qui se répète inlassablement. J'imagine que cela continuera ainsi. Je ne peux rien imaginer d'autre. Le défaut ne peut pas être corrigé. C'est devenu chronique. La seule chose qui puisse revenir, c'est ma journée. Le matin arrive, puis le soir, la nuit tombe et le jour se lève à nouveau. Et rien ne change.

Je suis assise dans la chambre 16, à l'Hôtel du Lison. Aujourd'hui, je n'ai pas pris mon petit déjeuner. À la réception, j'ai jeté un coup d'œil sur les journaux et je suis vite remontée dans ma chambre. Je ne tiens pas à revoir la tranche de pain faire son vol plané.

369

Aujourd'hui je me suis réveillée bien avant l'aube, car j'ai senti l'écrin du sesterce s'enfoncer dans ma joue. L'écrin était toujours dans sa pochette, à côté de mon oreiller ; j'avais dû poser la tête dessus pendant mon sommeil. À présent, je suis debout. Je suis sortie dans l'obscurité et nous sommes toujours le dix-huit. Le dix-neuf n'est pas arrivé, le vingt non plus et le vingt et un encore moins. D'ailleurs, pourquoi la date aurait-elle changé ?

Il était trop tôt pour se lever, mais je m'étais quand même habillée. J'avais enfilé mes bottes, boutonné mon manteau et ramassé mon sac. Avant de quitter ma chambre, j'avais glissé le sesterce dans ma poche, laissant l'écrin et la pochette sur la table. Comme il n'y avait personne à la réception, j'avais gardé la clé de ma chambre sur moi, et je m'étais promenée dans les rues désertes et obscures.

Quand je suis retournée à l'hôtel, le jour était levé. Il était un peu plus de sept heures. Je suis allée au buffet me servir une tasse de café que j'ai emportée dans ma chambre, et je suis maintenant assise à la petite table. Je sais que le dix-huit novembre se répète encore et j'ignore comment y remédier. Mais j'ai compris ce qui m'attendait. Un énième dix-huit novembre : voilà ce qui m'attendait.

374

Tous les jours, je déambule dans mes rues habituelles. Je traverse le boulevard Chaminade et remonte le passage du Cirque. Je bifurque par la petite place au bout de la rue Renart et continue par la rue Almageste. Je m'attable dans un café ou m'assieds sur un banc public.

Il n'y a aucun changement et je n'ai rien à faire. Pas de livres à acheter, pas de ventes auxquelles assister, pas d'amis à voir. Pas de schéma auquel obéir. Je m'organise comme je veux, je n'ai pas de projets, pas de calendrier. Le temps passe, mais il ne fait qu'ajouter un dix-huit novembre de plus à ce monde, il ne va nulle part, il n'a ni arrêts ni stations. Il se contente d'enchaîner les journées.

Je longe les librairies d'ancien, mais sans y entrer. Je regarde les vitrines et poursuis mon chemin. J'agrandis mon cercle, explore d'autres rues. Dans la rue d'Ésope, j'ai découvert une librairie que je ne connaissais pas. J'ai été tentée de franchir la porte pour examiner quelques ouvrages aperçus dans la vitrine, mais j'y ai renoncé. Je n'ai rien à faire dans ces magasins, ils appartiennent au passé, je ne représente plus T. & T. Selter.

Je suis passée devant la boutique de Philip Maurel. Deux ou trois fois je me suis arrêtée devant la vitrine pour jeter un coup d'œil à l'intérieur. Uniquement quand Marie était seule. Je n'ai pas envie qu'on me reconnaisse, je sais quand Philip sera de retour et je ne tiens pas à le rencontrer.

Je garde toujours le sesterce dans la poche de mon manteau, et Marie expose maintenant une autre monnaie sur le comptoir. Hier soir j'ai oublié de le poser sur ma table de nuit, mais je l'ai retrouvé à mon réveil. Je sens sa présence en marchant dans les rues.

Si j'avais eu un chien, j'aurais pu raconter que j'étais sortie le promener. À présent je promène mon sesterce. Drôle de compagnon.

376

Dans les rues, ça se remarque. Le vide. Comme si quelque chose s'était volatilisé. Je le ressens en foulant le gravillon de la rue Desterres, ou en traversant la rue Almageste. Le monde se dissout, les détails se raréfient. C'est concret, presque physique ; la circulation paraît moins dense, les piétons semblent avoir disparu. On dirait que la lumière et les bruits ont muté, que la distance entre les immeubles a augmenté, que les rues se sont élargies. Je sais pourtant que rien n'a changé. Ni la lumière ni les bruits. C'est moi : je n'ai plus ma place ici. Portée par mes vieilles habitudes, je continue de me promener dans ces rues familières. Autrefois, j'avais de bonnes raisons de les parcourir ; à présent je m'y sens de trop. Je déambule dans la ville sans autre but que de passer d'un jour à l'autre. Je ne suis qu'un humain qui erre dans le quartier. Peut-être même pas un humain, d'ailleurs. Une sorte d'animal. Un animal qui ne serait ni proie ni prédateur, ni affamé ni rassasié. Seulement une créature tournant en rond entre les immeubles.

378

Aujourd'hui je me suis réveillée tard. Quand je suis sortie, l'après-midi était déjà bien entamé. J'ai pris un autre trajet que d'habitude, mais j'ai de nouveau été envahie par ce sentiment de vide. Comme si quelque chose manquait.

En me promenant dans les rues, j'ai été prise de vertige. Je grelottais. J'ai voulu me réfugier quelque part, mais je n'ai pas trouvé d'endroit où m'abriter, où me reposer un peu. J'ai cherché un jardin public, un banc, mais aucun ne m'a semblé accueillant. Les lieux que je fréquentais d'habitude me paraissaient hostiles, froids. Les chaises de café ne voulaient pas de moi. Les trottoirs et les passages cloutés étaient inadaptés à mes pas. Je me sentais importune. Comme un corps étranger. Je ne savais pas quoi faire.

J'ai fini par découvrir un café presque vide. J'ai voulu m'installer près de la fenêtre, mais j'ai eu le sentiment que les chaises me rejetaient. Celle que j'ai choisie m'a semblé bancale. Quand j'en ai essayé une autre, c'est la table qui m'a posé problème. J'ai tenté de la déplacer, de bouger ma chaise. Je me sentais mal à l'aise. Lorsque j'ai enfin réussi à faire tenir le mobilier en équilibre, j'ai vainement attendu qu'on vienne prendre ma commande, et je suis ressortie.

Les rues me paraissaient toujours aussi désertes, mais l'atmosphère avait changé. L'air s'était raréfié, l'asphalte avait l'air poreux, sur le point de se désagréger, les façades des immeubles avaient pris une teinte légèrement différente. Quelque chose s'était évaporé : un je-ne-sais-quoi dans les couleurs ou dans les bruits. Comme si des particules s'en étaient échappées. Mais peut-être était-ce tout simplement une forme de vide. Un vide nouveau.

J'ai cherché à évacuer mon malaise en marchant. Après avoir tourné au coin de la rue, j'ai retrouvé la circulation, les trottoirs animés. Petit à petit, le monde reprenait son aspect normal. J'avais regagné la terre ferme. J'ai passé la plus grande partie de l'après-midi à me promener, essayant d'échapper à mon sentiment de vide. J'ai traversé des jardins publics, parcouru des sentiers, longé des aires de jeux, mais sans m'asseoir nulle part. Sauf quelques minutes, sur un banc mouillé, devant le jet d'eau du passage du Cirque.

En fin d'après-midi je suis retournée à l'hôtel. À la réception, j'ai acheté un sandwich que j'ai emporté dans ma chambre. En montant l'escalier, je me suis examinée. Mon aspect m'a semblé légèrement dépenaillé. Un peu négligé, défraîchi. Je n'ai pas su dire d'où ça venait. Pas de mes vêtements, en tout cas. Ils n'étaient pas spécialement usés. Je me suis regardée dans la glace du couloir. Mes bottes m'avaient beaucoup servi, à Clairon, quand je m'étais aventurée hors de ma chambre, mais elles étaient encore en bon état. Je ne portais pas la même robe qu'à mon dernier séjour ; l'autre était restée à Clairon, et celle que j'avais sur moi était presque neuve. Certes, mon manteau avait sans doute besoin d'être changé, mais il restait quand même tout à fait présentable. Je me sentais pourtant fripée et vieillotte. Comme si je sortais d'un débarras.

Bien sûr, je sais que tout cela vient de moi. C'est moi qui n'ai plus de but. Il n'y a pas de particules qui manquent. Il n'y a pas une forme de vide nouvellement découverte. Je ne vois aucune raison d'errer dans ce quartier, c'est tout. Je passe devant les magasins, mais sans y entrer. Je traverse une rue, parcours un jardin public, je me sens mal en point, inutile, engourdie, en porte à faux. Je ne suis plus Tara Selter, libraire d'ancien dotée d'un sens des détails et d'un flair pour dénicher les livres susceptibles d'intéresser les collectionneurs. Je ne suis plus au travail. Je ne suis plus acheteuse de livres pour la firme T. & T. Selter. Tara Selter a disparu. Elle n'existe plus, celle qui demandait des renseignements, négociait les prix, examinait les livres, les achetait, prenait des rendez-vous et organisait sa journée. Celle qui s'est volatilisée, c'est la Tara qui travaillait, qui bâtissait une entreprise et la faisait prospérer, qui commerçait avec ses fournisseurs et ses clients. La Tara qui avait un avenir, des rêves, des espérances. Celle-là s'est fait rayer de l'image, éjecter du monde. Elle a été mise au rebut, emportée par le courant du dix-huit novembre. Elle s'est perdue. Elle s'est évaporée. Elle a sombré en haute mer.

J'ai posé mon sandwich sur la table, enlevé mes bottes et ôté mon manteau. Mais quand j'ai voulu mordre dans le pain à moitié desséché, l'alarme d'incendie s'est déclenchée. Ça m'a surprise ; c'était la première fois que je l'entendais, sans doute parce que je ne m'étais jamais trouvée à l'hôtel à cinq heures de l'après-midi. Par conséquent, je ne me suis pas inquiétée. Ce devait être une fausse alerte, puisque l'hôtel n'avait pas brûlé. D'ailleurs, l'alarme s'est arrêtée au bout de quelques secondes. En me levant pour jeter un coup d'œil par la fenêtre, j'ai constaté que des clients étaient descendus dans la rue. Le dix-huit novembre comprenait donc une fausse alerte à l'Hôtel du Lison. Et alors ? J'ai vu arriver une voiture de pompiers, mais il n'y avait aucun signe d'incendie et on n'a pas déroulé les lances. Un des pompiers discutait tranquillement avec la réceptionniste, et je suis retournée à ma table et à mon sandwich.

Ce n'est que plus tard que j'ai compris ce que tout cela signifiait : je n'étais plus aux aguets, je ne cherchais plus des planches de salut, un incendie à l'Hôtel du Lison n'entrait pas dans mes conjectures, l'existence d'un autre dix-huit novembre n'était pas une possibilité. On ne pouvait pas sauter dans une temporalité différente, l'hôtel n'allait pas brûler, je n'étais pas en danger et le temps n'allait pas reprendre son cours normal. J'avais tout de suite estimé qu'il s'agissait d'une fausse alerte.

Quelques jours plus tôt, j'aurais entrevu un changement et me serais levée d'un bond. À présent je reste tranquillement assise devant mon sandwich entamé. D'ailleurs, il est toujours posé sur la table. Non pas parce que je l'aurais abandonné à la hâte pour évacuer l'hôtel, mais parce qu'il est trop sec. Je ne crois plus aux variations, je ne guette plus les différences. Même une alarme d'incendie ne peut me faire espérer autre chose qu'une journée qui ne cesse de se répéter.

J'entends toujours des gens parler dans le couloir, mais le trottoir est maintenant désert. Les derniers clients regagnent leurs chambres, la voiture de pompiers est repartie, le danger est passé. C'est une journée calme à l'Hôtel du Lison. Il n'y a ni morts ni blessés. Je suis en sécurité, Thomas est en sécurité dans son dix-huit novembre à Clairon. Trempé par la pluie, il arrive dans une maison glaciale, mais ce n'est pas bien grave. Il est de retour chez lui, il fait du feu dans la cheminée, va chercher un poireau au potager et des oignons dans la remise. Il n'a aucune raison de s'inquiéter. J'ai un mari qui m'estime mieux armée pour chercher une solution toute seule. Des amis qui pensent ne pas pouvoir m'aider, qui ne croient peut-être même pas à ce que je dis, et qui m'ont renvoyée avec une pochette contenant un sesterce romain. La dernière mission de Tara Selter : remonter ses manches, sortir le sac à ordures. Et voilà que j'erre dans les rues, inutile et démonétisée. Ce n'est pas une catastrophe. Ce n'est pas grand-chose, mais ce n'est pas rien non plus.

379

Maintenant que le dix-huit novembre est devenu chronique, mes journées sont simples. Je me promène dans des rues familières, mais je ne suis pas chez moi. J'entends des pas derrière moi. Je prends peur. Je me retourne. Je me dis qu'on me veut quelque chose. Qu'on ne me veut pas du bien. Mais il n'y a personne, ce sont mes propres pas que j'entends. Le bruit de mes pas est de trop. Je me promène dans un lieu qui aurait dû être désert. La place que j'occupe aurait dû rester vide. Pour des raisons inexplicables, Tara Selter s'y trouve.

Autour de moi, les gens se rendent à leur travail. Ils ouvrent des magasins, se dirigent vers des stations de métro. Ils ont un but ; quelque chose les fait avancer, mais je suis incapable de comprendre ce qui les pousse. Le fil conducteur me manque, je ne suis pas à ma place, je ne peux m'accrocher à rien. Ou alors, ils se déversent dans les rues, entraînés par un courant qui ne m'affecte pas. À moins que leurs pas ne soient guidés par une sorte de mécanique interne. Une force qui me fait défaut, un ressort qui s'est cassé, un engrenage qui s'est grippé. Je ne sais pas si on les tire, s'ils se font charrier par le courant, si quelque chose en eux les fait bouger. Je sais seulement que, chez moi, ça ne fonctionne pas.

Je suis entourée de gens en mouvement. Ils marchent tous dans le même sens. Je regarde autour de moi : il y a une station de métro un peu plus loin. C'est là qu'ils vont. Des files de gens se dirigent vers les escaliers, mais je n'en fais pas partie. Si je m'approche trop, je les gêne. Je suis un corps étranger. Une erreur. Je suis Tara Selter, égarée dans le dix-huit novembre. Pas perdue ; simplement égarée. Je suis tombée hors de la journée, mais ce n'est ni tragique ni comique. J'ai été éjectée du monde, mais je ne suis pas blessée. Je me suis redressée, j'ai essuyé la terre sur mes genoux, c'est tout.

Je m'appelle Tara Selter. Je me trouve dans le dix-huit novembre, un écho résonne autour de moi. Je suis un être étrange, je ne devrais pas évoluer au milieu de gens qui ont un but. Je ne devrais pas être là. Je les gêne quand ils pressent le pas pour arriver à l'heure.

Je m'éloigne des files en mouvement. Je m'écarte. Je découvre des rues que je ne connaissais pas. Je bifurque, j'entre dans des cafés que je n'ai jamais fréquentés. Mon écho m'accompagne, il résonne avec une étrange vacuité quand je tire la chaise et m'assieds. Je pose mon sac à côté de moi. Il est assez grand pour me faire passer pour une voyageuse, assez petit pour que je puisse le porter tout au long de mes journées. Grâce à lui, j'ai l'air d'avoir un but. Je dérange toujours, mais je trouve parfois un endroit où je peux m'asseoir quelques instants. Je respire à fond et ne bouge plus.

Je peux compter mes journées, et c'est ce que je fais. Je peux les décrire, et c'est ce que je fais. J'ai un petit cahier rempli de traits et de chiffres. J'ai un dossier sur le dix-huit novembre. J'ai de l'argent et une carte bancaire. J'ai un stylo-bille marqué *7e Salon des Lumières.* Je peux écrire ce que je veux, je peux voyager où je veux, j'ai tout ce qu'il me faut.

Je marche au bord d'un gouffre, je compte les journées, je note tout. Pour m'en souvenir. Pour éviter que les journées ne m'échappent. Ou parce que le papier se souvient de ce que je dis. Comme si j'existais. Comme si quelqu'un m'écoutait.

383

J'avais pensé y retourner. À Clairon-sous-Bois. À Thomas. Si rien ne se passait. Si une année ne signifiait rien. S'il n'y avait pas de sortie au bout. Peut-être aurais-je d'abord rendu visite à Philip et Marie. J'imagine que je leur aurais demandé conseil ; nous nous serions installés au comptoir et ils m'auraient proposé toutes sortes de solutions, plus saugrenues les unes que les autres. La situation nous aurait paru comique. Nous aurions ri. Nous aurions parlé de poussière et de brûlures, nous nous serions amusés des bizarreries du temps. J'aurais sans doute cru qu'ils m'aideraient, qu'ils essaieraient, qu'ils feraient au moins semblant. Qu'ils riraient avec moi. Et s'il n'y avait pas eu d'autre solution, j'aurais repris le train pour Clairon. J'aurais marché sous la pluie, j'aurais raconté à Thomas que j'étais revenue parce que le temps s'était détraqué. Que j'avais essayé de sauter en marche, que je m'étais tenue aux aguets, que j'avais espéré tout retrouver. Thomas, Philip et Marie, les gens dans les rues, les courants et les files. Un rythme commun. Et Tara Selter, libraire d'ancien ayant un flair pour le beau papier et le sens des détails. J'aurais tellement voulu vivre dans le même temps que les autres. Si j'étais revenue, c'était parce que je n'arrivais pas à m'en sortir. J'avais pourtant essayé.

Mais peut-être suis-je seule, tout simplement. Peut-être suis-je de trop. Peut-être n'y a-t-il rien à faire. Je prends pourtant mon élan, je réussis parfois à me glisser dans le flot des piétons. Si je passe devant un arrêt au moment précis où le bus arrive, si je suis happée par les gens qui attendent, si je monte avec eux, si je marche au bon tempo, si je prends la bonne direction pour me rendre à la station de métro, mon rythme s'accorde parfois à celui des autres. Je suis le mouvement, je me sens portée par lui, je monte et je descends, je sors, on me guide et j'ai presque l'impression qu'on me comprend. Ou qu'on me donne un conseil. Mais est-ce que je saurais l'écouter ?

En général, le bus ne tarde pas à se vider. Je descends à la suite des autres, la rue m'est inconnue et je retombe dans ma solitude. Les passagers se dispersent, et le bruit de mes pas, masqué par celui de la foule, redevient audible. L'écho m'entoure à nouveau, la rue s'élargit, les passants avaient un but que j'ai brièvement pu emprunter, mais ils s'égaillent maintenant dans tous les sens et me voilà abandonnée à mon sort. La foule m'avait aidée à avancer, mais les gens montent à présent dans d'autres moyens de transport, pénètrent dans des immeubles, se hâtent vers d'autres destinations, et j'erre au petit bonheur. Je marche moins vite qu'eux, je ralentis, je traîne les pieds. Et tôt ou tard je retrouve le chemin de l'Hôtel du Lison.

Le lendemain, je sors à nouveau. Je prépare mon sac, je me promène en éprouvant le même sentiment de vacuité. Mais je suis disposée à suivre celui qui me montrera le chemin. Et si tout à coup je me retrouve au milieu d'un flot de gens, je me laisse emporter. Ce n'est pas difficile. Il suffit de se tenir prêt ; ensuite, ça va tout seul. Comme sur la plage : l'eau est froide, on voudrait plonger, mais on attend. On se fige, on reste bloqué dans son élan, puis quelqu'un arrive en courant et se jette à l'eau. On l'imite, on est pris dans le mouvement de l'autre, on n'hésite plus. On nage, l'eau est glaciale, mais on s'y habitue, on ne ressent plus le froid. On n'a pas été poussé, on a plongé de son plein gré, on assume ses gestes, on n'a plus besoin de se laisser entraîner, on continue comme si on n'avait jamais éprouvé la moindre hésitation.

C'est ainsi que j'arrive à faire passer mes journées : je me jette dans la foule, je me laisse emporter, je bouge, mais à la fin, après avoir suivi le flot des gens, après être montée dans des trains, avoir quitté le métro ou sauté d'un bus, je perds mon énergie.

Je ralentis, je m'arrête. Comme si le déclencheur du mouvement était défectueux. Quelque chose s'allume, puis j'hésite, je marche moins vite, je dévie, je me gare sur la bande d'arrêt d'urgence. Mon rythme m'abandonne, je me dirige vers des rues moins fréquentées. Ce n'est pas grave, je ne suis pas perdue, je cherche simplement un banc où me reposer quelques instants. À moins que je ne rebrousse chemin et rentre à l'hôtel. Quand la journée se termine, la vitesse est complètement retombée et je m'endors. Et le lendemain je repars à la découverte de nouvelles foules dans lesquelles je pourrai me jeter.

#387

Mes cercles se sont élargis. Un jour je suis allée jusqu'au bois de Boulogne, un autre jour je me suis retrouvée à Fontainebleau, et maintenant je suis assise dans un train qui se dirige vers le nord. Je n'ai pas de billet, car je me suis contentée de suivre la foule. C'était l'heure de pointe du matin. Montée dans un bus à la suite des gens qui attendaient à l'arrêt, je me suis retrouvée gare du Nord, où un flot de voyageurs m'a entraînée jusqu'au quai. Je suis en route vers Lille, le train est bondé, je ne sais pas où va tout ce monde, mais nous allons bientôt descendre, car Lille-Europe est le terminus du trajet.

Mon sac est posé par terre. Il est plus léger, car mes livres, mes affaires de toilette et mes vêtements de rechange sont restés à l'hôtel. En revanche, j'ai emporté la clé de la chambre 16, mais elle ne me servira plus à rien. La clé de la maison de Clairon – de la maison de Thomas – est également dans mon sac. Je pourrais facilement y retourner. Je connais le chemin. Ici, je me sens chez moi. Toutes les gares me sont familières, mais le chemin n'est pas le bon.

388

Quand je suis descendue à Lille, ce n'était plus l'heure de pointe, la cohue du matin avait laissé place à une foule plus clairsemée. J'ai quitté le train en dernier, lentement et avec hésitation, à tel point que je me suis arrêtée sur le quai, où je n'ai pas tardé à me retrouver seule. Il n'y avait plus de foule pour me porter, mais au bout d'un moment j'ai fini par sortir de la gare. J'ai trouvé un hôtel à proximité, puis je me suis promenée en ville. Alors que je cherchais une brosse à dents, je suis passée devant la papeterie où j'avais découvert le petit cahier vert olive dans lequel je n'avais pas eu le temps d'écrire un mot. J'y suis entrée. Comme la dernière fois, il y avait toute une pile de cahiers près des caisses. Parmi eux, il y avait certainement le mien, ai-je pensé. De nouveau j'en ai acheté un, peut-être le même. Ou un autre, mais qui lui ressemblait.

Ce soir, je l'ai glissé sous mon oreiller, avec la brosse à dents et le tube de dentifrice que je viens d'acheter. Réveillée de bonne heure, j'ai pris mon petit déjeuner à l'hôtel. Je n'ai vu personne laisser tomber une tranche de pain, il n'y avait pas de journaux à la disposition des clients, et cela ne m'a pas manqué. Pas plus que les affaires que j'ai laissées dans la chambre 16. Sans mes livres j'ai l'impression de peser moins lourd, et je peux me contenter des vêtements que je porte. Je marche d'un pas léger. Je n'ai pas de poids. Comme si j'étais vide.

389

Le cahier est dans mon sac, posé sur le siège à côté de moi. Il attend que je l'étrenne, mais je ne l'ai pas encore sorti. Il est là, avec ses pages réglées, mais pour l'instant je continue de me servir du papier de ma chemise, car il m'en reste encore. J'ai aussi mon stylo-bille. J'ai ma place dans le train, j'ai mon manteau et un téléphone qui est de nouveau en panne.

Autour de moi, les gens ont également des manteaux, des sacs et des téléphones. À leurs paroles, je comprends que certains d'entre eux ont aussi une vie bien remplie, des endroits où aller, des choses à faire. Je ne sais plus si j'ai une vie. En tout cas, je n'ai rien à faire et je ne vais nulle part. Mais j'ai des oreilles. J'écoute mes compagnons de voyage, et ils peuvent me prêter un peu de leur vie. Des endroits où aller. Des choses à faire. Ou à voler, car j'ai le sentiment de les déposséder. Comme si je commettais une mauvaise action en les écoutant. Ils m'offrent quelque chose, mais ce n'est pas vraiment un don.

Un homme est en train d'organiser une réunion. Ou une assemblée générale. Des désaccords sont apparus, il téléphone à droite et à gauche pour plaider sa cause, le conseil d'administration doit être renouvelé, il y a des décisions à prendre. Il s'efforce de créer une sorte de consensus, une harmonie, comme un chef de chœur essayant de faire naître un son homogène. Mais il ne veut pas apparaître comme un meneur. L'affaire semble compliquée, il appelle les uns et les autres et nous ne pouvons faire autrement que de l'écouter. Il nous embarque dans sa chorale. En fait, il s'agit d'un club de voile. Il évoque des bateaux à acheter, voudrait recruter davantage de jeunes, étoffer la section juniors. Il parle de financements, de subventions, de projets importants, d'un club-house. Je ne sais pas où il va, nous sommes loin de la mer, mais il éveille ma curiosité. Il explique à ses interlocuteurs ce qu'il faudra dire à la réunion. Le résultat paraît incertain, je pense que je vais le suivre, l'assemblée générale aura lieu ce soir, il espère arriver à temps.

Il va à Dunkerque. C'est ce qu'il dit au contrôleur. Il doit prendre une correspondance. J'ai envie de voir la mer, de faire de la voile, de prendre des ferries, d'embarquer sur un voilier. J'ai des désirs d'eau, d'horizon.

Mais il pose son téléphone et allume son ordinateur, les voiles se dégonflent, elles faseyent et mon attention devient flottante. J'entends une femme discuter avec son fils. Je ne sais pas pourquoi j'imagine qu'il s'agit de son fils, mais j'en suis à peu près sûre. Elle parle du dîner, d'un plat de poulet que son fils prépare très bien. Mais il lui faut des *jalapeños*. Il cherche le bocal. Dans le réfrigérateur, suggère la femme. Peut-être sur la grille du haut. Ou alors dans le bac à condiments. Il finit par le trouver. Le dîner est sauvé.

390

J'ai continué jusqu'à Dunkerque. J'ai changé de train, je suis descendue sur le port et je me suis arrêtée là. J'avais depuis longtemps perdu de vue le chef de chœur, mais j'ai trouvé un hôtel près du port. Un hôtel donnant sur la mer. Le ciel était gris et il n'y avait pas de vent. Je ne pensais déjà plus aux assemblées générales, ni aux voiliers. En fin de compte, j'avais eu de la chance à Lille. J'aurais pu me retrouver dans une chambre occupée par quelqu'un d'autre. Une chambre où un client aurait passé la nuit du dix-sept au dix-huit et se serait réveillé dans mon lit. En principe. Si la journée s'était déroulée comme prévu. Heureusement, j'étais arrivée de bonne heure et on m'avait donné une chambre où personne n'avait dormi la veille.

Quand j'ai débarqué à l'hôtel de Dunkerque, l'après-midi était déjà bien avancé. Prétextant une allergie aux produits d'entretien, j'ai demandé une chambre qui n'avait pas été nettoyée récemment. J'étais prête à payer un supplément.

Le réceptionniste m'a assuré qu'il n'y avait aucun problème. Nous étions hors saison, il pouvait me donner une chambre restée vide depuis trois jours.

J'ai poussé la porte de ma chambre et me suis assise devant la fenêtre ouvrant sur le port. Au bout d'un moment j'ai commencé à grelotter, car le chauffage n'était pas allumé. Je me suis glissée sous la couette et le couvre-lit à carreaux bleus, et je n'ai pas tardé à m'endormir.

Ce matin, à mon réveil, le ciel était gris clair. Et maintenant je suis repartie. J'ai pris un train omnibus, et nous nous dirigeons vers l'intérieur des terres. Nous nous arrêtons dans toutes les petites gares, des gens montent et descendent, les sièges sont recouverts d'un tissu à carreaux et j'ai posé mon sac à côté de moi, car il n'y a pas grand monde.

Aujourd'hui je n'écoute pas une conversation téléphonique, mais c'est presque pareil, car il y a une personne qui parle et une autre qui se tait. Celle qui se tait va voir son petit-fils qui vient de naître, c'est tout ce qu'elle a eu le temps de dire. À présent, elle écoute. Ce n'est pas elle qui a quelque chose à raconter, mais l'homme aux chiens. La femme l'écoute poliment ;

parfois elle hoche la tête. Ils sont assis face à face, il y a une tablette entre eux, et deux gros chiens sont couchés à leurs pieds – un gris et un tacheté. Le tacheté n'a pas le moral, dit l'homme. Il a perdu son compagnon. L'homme avait un autre chien, mais il est mort, et le tacheté en a été très affecté. L'homme a donc fini par prendre le chien gris pour lui tenir compagnie, mais ils n'ont pas encore eu le temps de devenir amis.

Ils ont sans doute compris que je les écoutais, mais ils ne peuvent pas savoir que je note leur conversation. Ma tablette est baissée, et nos regards ne se croisent que lorsque je me penche en avant. La femme sent pourtant que je ne perds pas un mot de ce qu'ils disent. De temps à autre, elle me regarde à la dérobée. Elle semble vouloir préserver son compagnon de voyage, le protéger des oreilles indiscrètes. Pour donner le change, je feuillette mes papiers ou fais semblant de consulter mon téléphone. Pourquoi les écouterais-je ? Moi – une femme encore jeune avec un sac de voyage et un portable ? Mon téléphone ne fonctionne plus, mais ça, ils ne peuvent pas le deviner.

L'homme a toujours cru être le meilleur ami de ses chiens. Quand il se mettait au lit, ses deux chiens se couchaient à ses côtés ; le plus âgé à sa gauche et le tacheté à sa droite. Il se sentait aimé. Je me penche en avant et me tourne discrètement vers eux. Je vois son interlocutrice hocher la tête. Elle le comprend parfaitement.

Quand le plus âgé est mort, le tacheté n'a plus voulu dormir sur le lit. Il était en deuil, dit l'homme. Il était inconsolable. L'homme a essayé de le faire monter sur le lit, il a cherché à le réconforter, il croyait que le chien l'aimait, qu'il le considérait comme son meilleur ami.

Ce n'était pas le cas. Le tacheté s'était couché à ses côtés pour être près de l'autre chien. En réalité, je le gênais, dit l'homme. Il me supportait. Il aurait préféré être seul avec l'autre. Celui qui était mort. Et je l'en empêchais. Sans l'autre, le tacheté n'avait plus de raisons de monter sur le lit. Et il s'est réfugié sur le tapis du salon.

Comprenant qu'il n'avait pas été aimé, l'homme avait pris le chien gris. Un chien de berger, dit-il en caressant son long poil frisé. Ainsi, le tacheté aurait au moins un ami. Les deux chiens dorment maintenant dans le salon, chacun dans son panier. Et l'homme dort seul dans son lit.

Son interlocutrice hoche la tête, mais ne dit rien. L'homme ne cherche pas à se faire plaindre, il veut simplement raconter son histoire. La seule chose qui le gêne, affirme-t-il, c'est d'avoir cru que les chiens l'aimaient au point de ne pas vouloir le laisser seul pendant la nuit. Il s'était fait avoir. Ou plutôt, sa présomption lui avait joué un tour. Ses chiens n'avaient jamais voulu lui exprimer leur amour. Le plus âgé s'était sans doute couché sur le lit par habitude, pour avoir chaud. Et ce n'était pas auprès de l'homme que le tacheté avait voulu dormir.

Je n'étais pas la seule à l'écouter. À la fin de son histoire, nous étions nombreux à détourner le regard. À quelques sièges de moi, une femme a même poussé un long soupir en contemplant ostensiblement le paysage. Je me suis remise à feuilleter mes papiers. L'interlocutrice de l'homme n'a sans doute pas su quoi dire, ou alors la conversation était terminée, tout simplement. Maintenant, ils regardent tous les deux par la fenêtre, et l'homme caresse le chien tacheté, qui vient de se redresser sous la tablette.

395

Ce n'est plus le flot des gens qui m'entraîne. Je n'ai plus besoin de me jeter dans la foule. Je ne recherche plus les moyens de transport bondés. Je préfère maintenant voyager quand la matinée est déjà bien avancée. À cette heure-là, les passagers sont rares. J'aime bien voir les gens parcourir tranquillement le couloir avec leurs gobelets de café et leurs sacs en papier kraft.

J'écoute. Plongée dans un livre ou dans mes papiers, je prends parfois des notes. Dans ces voitures sans compartiments, une complicité naît entre les voyageurs. Les gens sont installés ici et là, devant leur tablette ou coincés contre une petite fenêtre.

Nous nous saluons, mais nous finissons par nous réfugier derrière nos téléphones. Nous avons des livres à lire, des papiers à consulter. Nous avons des journaux, des écouteurs, des ordinateurs portables.

Une femme s'est fait cambrioler. Elle parle au téléphone de ce qui lui est arrivé. Elle a sans doute raconté l'histoire plusieurs fois. Son récit est parfaitement construit, elle l'a déjà rodé, il n'a rien de décousu, elle n'hésite pas, ne s'interrompt jamais. Elle n'est plus sous le choc, ni même en colère.

Elle doit bien se douter qu'on l'écoute, mais elle n'en est pas certaine. Elle regarde autour d'elle. Nous ne sommes pas nombreux – quatre ou cinq – à être assis assez près pour entendre ce qu'elle dit. Nous traversons des frontières, elle parle français, mais nous serons bientôt en Allemagne. Dans ce train, elle ne peut pas savoir avec qui elle partage sa langue. Mais elle aimerait bien nous faire partager son histoire.

Son interlocuteur ne doit pas connaître l'histoire, car la femme l'agrémente d'une introduction et d'une foule de détails : la vitre de la porte cassée, les bris de verre jonchant le sol de l'entrée. Dans la chambre de sa fille – chez Sandrine, dit-elle, et je suppose qu'il s'agit de sa fille – tout était sens dessus dessous. Ils avaient fouillé partout, même dans ses petites boîtes. Mais pas dans la boîte à biscuits, où elle cachait l'argent des vacances. Il y a des accents de triomphe dans sa voix, et je me dis qu'elle avait dû prévoir des vacances chères, que la boîte à biscuits contenait sans doute une belle somme d'argent. Après cela, elle se tait. Manifestement, l'histoire est terminée. La boîte à biscuits était le clou de son récit. Drôle de manière de conclure : en fanfare, comme si elle racontait une victoire. On n'a pas l'impression d'avoir assisté à une conversation. Apparemment, son interlocuteur ne dit rien, car la victime du cambriolage ne répond pas. Il y a simplement un long silence.

Puis la femme change de sujet : il y a des rendez-vous à organiser, une soirée entre copines, une réunion de vieux amis. J'ai le sentiment qu'il manque des détails concernant la boîte à biscuits. Elle était où ? Pourquoi les cambrioleurs ne l'ont-ils pas trouvée ? L'interlocuteur de la femme devait être au courant de son existence, car elle n'a fourni aucune explication. Elle est passée sans transition des boîtes de Sandrine à la boîte à biscuits. De la chambre d'enfant à la cuisine, me dis-je, car si cette fameuse boîte s'était trouvée ailleurs, dans le séjour ou dans l'entrée, par exemple, elle aurait sûrement attiré l'attention. Et puis, qui garde encore ses économies dans une boîte à biscuits ? Qui y conserve assez d'argent liquide pour se payer des vacances ?

Certes, je me promène avec plein d'argent liquide dans mon sac. Tous les jours j'en tire autant que possible, car on ne sait jamais à l'avance si on en aura besoin. Et j'ignore si ma carte bancaire continuera de fonctionner éternellement. Pourtant, la situation n'est pas comparable. Je ne cacherais pas de l'argent dans une boîte à biscuits. Mais peut-être que les cambrioleurs non plus. C'est sans doute pour ça qu'ils ne l'ont pas trouvé. Je leur ressemble, je vole la vie des gens. Ils laissent traîner leurs boîtes à biscuits dans la voiture du train, mais ce n'est pas pour ça qu'on doit se servir. Ils préféreraient sûrement faire eux-mêmes la distribution. Je n'en sais rien. Je ne sais pas si je suis une voleuse ou si j'accepte simplement ce qu'on m'offre.

La conversation se termine, la femme descend. Je regarde par la fenêtre, nous sommes à Aix-la-Chapelle. Je reste assise, je ne vois aucune raison de quitter le train. Je laisse partir la victime du cambriolage.

398

Aujourd'hui je voyage en compagnie d'une jeune femme plaquée par son petit ami. Elle n'est pas bien vieille, vingt-cinq ans, vingt-deux, peut-être moins. Plus jeune que moi, en tout cas. Plus jeune et plus abandonnée. Je ne m'en suis pas rendu compte en ouvrant la porte du compartiment. C'est un train régional, elle était seule dans un compartiment pour six, avec deux grosses valises posées en plein milieu.

J'avais dû parcourir d'interminables couloirs latéraux encombrés de valises pour trouver une place. Dans le compartiment de la jeune femme, le rideau était à moitié baissé. Cela aurait dû me mettre la puce à l'oreille, mais je ne suis pas habituée à ces trains à compartiments, qui me paraissent une survivance du passé. Pourquoi se cacher derrière des rideaux dans des espaces minuscules ?

J'ai ouvert la porte et demandé s'il y avait une place libre. Elle a hoché la tête, et j'ai tout de suite compris qu'elle n'allait pas bien. J'ai failli battre en retraite, me disant qu'elle préférerait rester seule, mais le compartiment d'à côté était plein et je me suis décidée à entrer. Je me suis assise près de la fenêtre en gardant mon sac sur les genoux. J'avais le sentiment d'être une intruse.

J'ai mis un peu de temps à comprendre ce qui n'allait pas, mais j'ai deviné que c'était par fragilité, et non pas par instinct de possession, qu'elle tenait à garder le compartiment pour elle toute seule. Maintenant que je suis là, il serait discourtois de m'en aller. J'ai pourtant conscience de la gêner, et je m'applique à prendre des notes sur le roman que je suis en train de lire. J'ai sorti mon livre et mon dictionnaire de mon sac. Je déchiffre quelques paragraphes, pose le livre, écris une phrase ou deux sur une feuille de papier, ouvre mon dictionnaire et reprends ma lecture. Ou, du moins, je fais semblant.

Les livres, je les ai achetés à Bonn. J'y avais suivi deux voyageurs très bavards, l'un était français et l'autre allemand, ou alors ils étaient tous les deux franco-allemands ; ils passaient sans cesse d'une langue à l'autre. À mon arrivée, je suis entrée dans une librairie près de la gare. J'ai pris un dictionnaire et me suis dirigée vers les caisses, où j'ai découvert une pile d'exemplaires du roman de Goethe, *Les Affinités électives*. Le titre allemand m'a plu : *Die Wahlverwandtschaften*. La manière dont il résonnait dans ma tête. Si je l'ai acheté, c'était pour m'obliger à apprendre du vocabulaire, mais j'ai commencé à le lire pour de bon. Je le déchiffre lentement, dans les trains et dans les chambres d'hôtel. Je voyage d'un endroit à l'autre. Hier, je suis arrivée à Hanovre. J'ai passé la nuit dans un hôtel à côté de la gare et ce matin j'ai pris un billet pour un train remontant vers le nord. Mais on a annulé son départ et on nous a dirigés vers un quai différent où nous nous sommes retrouvés inhabituellement nombreux à attendre. Surtout pour un jour de semaine, à onze heures.

Je n'ai pas mis longtemps à apprendre l'histoire de l'infortunée. Non pas parce qu'elle me l'a racontée, mais parce que je n'ai pas pu faire autrement que de l'écouter. Ce qu'elle disait n'était pas difficile à comprendre, même avec mon allemand limité.

Elle rentre chez ses parents. Elle a déjà parlé deux fois avec sa mère. Son petit ami vient de la quitter, elle n'a rien vu venir, ils étaient si heureux. La catastrophe est manifestement toute fraîche, la rupture doit dater du matin même. Ou de la veille au soir. Sa mère a droit à tous les détails. La jeune femme va à Brême, nous n'y arriverons que dans deux heures, c'est long pour un cœur brisé.

Je pense à toutes sortes de catastrophes, grandes et petites. Je pense à la mienne. Je pense aux catastrophes récentes, à celles qui ont eu le temps de se figer en un récit. Celle-ci est encore embrouillée et saccadée, elle comporte des détails qui paraîtraient trop privés s'ils n'étaient pas survenus aussi récemment. La jeune femme croit sans doute que je ne la comprends pas, car je me suis adressée à elle en anglais. Mais peu importe. Je ne suis pas là, ma présence ne doit lui faire ni chaud ni froid. Dans son monde, il n'y a qu'une mère compatissante et une fille dévastée.

Ils avaient envisagé de faire un enfant. Peut-être pas tout de suite, mais ils en avaient évoqué la possibilité. Puisqu'ils avaient terminé leurs études. Ils avaient eu des projets d'avenir. Elle lui avait déjà acheté son cadeau de Noël. *Kinder* et *Weihnachtsgeschenke* avaient fait partie de leur existence. Cela dit, acheter un cadeau de Noël en novembre, c'était quand même un peu tôt, ai-je pensé. Mais ils avaient bel et bien eu des projets. Ils avaient pris un appartement ensemble. Elle ne comprenait pas pourquoi il était parti. C'était ça, le pire : elle ne comprenait pas pourquoi. Elle montait les marches quand il le lui avait dit. Quelles marches ? Celles de la gare ? Peut-être la rupture était-elle encore plus récente que je ne l'avais cru. Peut-être l'avait-il accompagnée à la gare. Elle allait où, quand il le lui a annoncé ? Chez ses parents ? Avait-il attendu d'être à la gare pour lui dire qu'il ne voulait plus vivre avec elle ? Était-ce sur les marches devant l'entrée ? Ou sur celles qui conduisaient au quai ? Mais alors, pourquoi ces grosses valises ? Il avait dû lui faire l'annonce la veille. Dans la nuit, elle avait mis dans ses valises l'essentiel de ses affaires. Ou toutes ses possessions, peut-être. Et maintenant elle rentrait chez elle.

Une hôtesse passait avec un chariot de vente ambulante alors que la jeune femme disait à sa mère de ne pas acheter la chaise pour bébé de la voisine. J'essaie d'imaginer la voisine faisant sa proposition : mes petits-enfants sont grands, vous n'en avez pas encore, mais vous pourriez peut-être acheter ma chaise pour bébé. Comme si l'achat pouvait faire naître un enfant. Ou alors c'était l'inverse : les voisins ont une chaise pour bébé à vendre, tu veux que je l'achète ? À moins que ce ne soit la réaction de la mère en apprenant la rupture : dans ce cas, à quoi bon acheter cette fameuse chaise ?

Quand la porte du compartiment s'est ouverte, j'ai demandé un thé. Et j'en ai proposé un à la jeune femme. Elle a poliment refusé. Elle m'a souri, un peu timidement, comme si elle voulait me faire comprendre que ma présence ne la gênait pas. Comme si c'était cela, ma question : est-ce que je peux rester ?

Je n'en sais rien. Mais à présent je suis là avec mon thé et ne sais pas où mettre mes papiers. Je pose le gobelet en carton par terre. Pour boire, je dois me pencher en avant. Je voudrais faire quelque chose pour la jeune femme. Je sais pourtant que je ne peux pas l'aider. Il vaut mieux ne pas essayer. Je ferais peut-être mieux de m'en aller.

Or, je m'étale dans le compartiment. J'ai posé mon manteau sur le siège en face de moi et mon sac par terre. À nous deux, nous occupons presque tout l'espace. J'accapare les lieux pour éviter à la jeune femme d'affronter d'autres voyageurs.

Des gens déambulent dans le couloir. Si je quitte le compartiment, quelqu'un d'autre prendra ma place. Ce serait pire. La jeune femme a fini par s'habituer à moi. Ou alors cela lui serait égal. Je me suis adossée au rideau. Il est beige, avec des rayures plus claires. Je pense aux *Weihnachtsgeschenke* en buvant mon thé. De temps à autre, je note quelques phrases sur une feuille que j'ai glissée dans mon livre.

399

En arrivant à Brême, j'ai attendu dans l'étroit couloir latéral pour laisser la jeune femme descendre en premier. Je suis restée à distance. Je ne suis que spectatrice, je ne fais pas partie de la famille, mais j'ai voulu être certaine de la savoir entre de bonnes mains avant de la laisser partir.

Sa mère l'attendait sur le quai. Une femme en beige : tailleur-pantalon, chaussures marron et foulard rouge autour du cou. Elle ne m'a pas semblé être le genre de femme qui rêve de petits-enfants ou qui prend un jour de congé pour s'occuper de sa fille abandonnée, mais elle a longuement serré la malheureuse dans ses bras. Je les ai vues traverser le hall de la gare et sortir sur le parking en traînant les valises derrière elles. Elles se sont arrêtées devant une des plus grosses voitures. Au moins, elles auraient de la place pour les bagages.

Après les avoir regardées s'éloigner, je me suis dirigée vers le centre-ville, où j'ai pris une chambre d'hôtel donnant sur la rue. Je me suis assurée que personne n'y avait couché depuis deux jours.

Des voitures et des tramways passaient dans la rue. Sur la place que je voyais de ma fenêtre, on installait des guirlandes lumineuses dans les arbres. Un peu tôt, ai-je pensé en admirant les gestes bien coordonnés des employés municipaux. Mais il fallait peut-être commencer dès maintenant pour être certain que la ville entière serait illuminée en décembre.

Je n'avais avalé que deux tasses de thé depuis mon petit déjeuner. Malgré ma fatigue, je suis sortie manger quelque chose, mais je me suis mise au lit dès mon retour. J'ai pensé aux *Weihnachtsgeschenke* et aux *Wahlverwandtschaften*, puis je me suis endormie.

Maintenant je suis assise devant la fenêtre. Je contemple la place vide et les tramways dans la rue. Sur le trottoir d'en face s'alignent des sacs-poubelle de toutes les couleurs. Ils attendent qu'on vienne les ramasser. Quant à moi, j'attends les employés municipaux et les grues mobiles, qui tardent à arriver. Je pense à décembre. Je pense *heute, morgen* et *übermorgen.* Je pense *gestern* et *vorgestern.* Et je pense *Frühstück.*

401

Aujourd'hui j'ai un but. Je vais quelque part. Chez moi, serais-je tentée de dire. Mais je ne sais plus ce que cela signifie, *chez moi.* Chez moi, c'était Clairon-sous-Bois, mais ce n'est plus le cas, et maintenant je vais à Bruxelles. C'était aussi un chez-moi. Autrefois. À présent, *chez moi* n'est plus un endroit où on peut aller. Aujourd'hui j'ai pourtant une destination. J'ai acheté des cadeaux. Ils sont sur le porte-bagages, dans deux gros sacs en papier.

402

On se croirait à Noël, a dit ma mère en voyant mes sacs remplis de paquets cadeaux. Pour un vingt-trois décembre, il faisait pourtant un peu chaud. Il y avait toujours des feuilles sur les arbres, et une fleur du rosier grimpant s'obstinait à braver l'automne. En montant vers la maison, j'ai vu que les branches nues du cognassier portaient encore quelques fruits jaunes. La plupart luisaient pourtant dans l'herbe, et le temps n'avait rien d'hivernal, malgré un léger vent. Pour créer une ambiance de Noël, je ne pouvais compter que sur moi-même.

À mon arrivée, ma mère était dehors. Elle était en congé, car les élèves de l'école internationale où elle enseignait étaient partis en excursion. Sortie dans le jardin avec un bol pour ramasser les coings, elle était surprise de me voir. Encombrées toutes les deux – moi par mes sacs, et elle par son bol –, nous nous sommes maladroitement serrées dans les bras. Les cadeaux, c'était pour plus tard, ai-je dit. Puis nous sommes entrées et avons posé nos affaires dans la cuisine.

Il fallait que Lisa vienne, ai-je dit. Ma sœur. Si on l'appelait ? Ma mère m'a appris qu'elle l'avait eue au téléphone hier. On pourrait l'inviter à dîner. Ce soir. Ou demain, si j'étais encore là. Plutôt demain, ai-je répondu. Je pensais au dix-huit, mais aussi au réveillon de Noël. Ma mère pensait au dix-neuf.

Quand mon père est rentré, une heure plus tard, nous avons dîné. Nous nous sommes attablés dans le séjour. Ma mère n'avait pas eu le temps de ramasser les coings, car nous avions pris le café.

Pendant le repas, je leur ai expliqué que j'avais des choses à faire à Bruxelles. Des livres à acheter. Nous avons parlé du travail de mon père, de la journée de congé de ma mère, des études de ma sœur, de T. & T. Selter. Je n'ai pas fait allusion au dérèglement du temps, mais je leur ai raconté mes voyages. Car j'avais beaucoup voyagé ces derniers temps. J'ai évoqué les chiens tristes, les cambriolages, les boîtes à biscuits et les assemblées générales des clubs de voile. J'ai mimé les conversations téléphoniques de mes compagnons de voyage en portant la main à mon oreille. J'ai caressé un chien imaginaire, décrit la jeune femme abandonnée, parlé de *Weihnachtsgeschenke* et de *Wahlverwandtschaften*, du plaisir que me donnait le son des mots. J'ai dit que je lisais Goethe en faisant semblant de prendre des notes, puisque les paroles de mes compagnons de voyage ne m'étaient pas destinées. Et que j'avais le sentiment de leur voler quelque chose. Je n'avais pas envie de me faire prendre les doigts dans la boîte à biscuits.

Ce n'était pas du vol, a dit mon père. Les vrais voleurs, c'étaient les gens qui parlaient au téléphone dans un lieu public. Ils volaient le temps des autres, la tranquillité des autres. Ils violaient leur vie privée, leur humanité. Ils se croyaient chez eux, ils considéraient les autres passagers comme des objets. Comme une porte, un siège de train ou une valise. Pour eux, leurs compagnons de voyage n'étaient pas des êtres humains. Ma mère a abondé dans son sens. Elle nous a parlé de parents qui déposaient leurs enfants à l'école sans lâcher leur téléphone. Comme si leurs gosses étaient des paquets. Ou des sacs de courses. J'ai pensé à la voyageuse au cœur brisé. M'avait-elle considérée comme un sac ? Comme un porte-bagages ? Ou comme un rideau qu'on pouvait baisser ? Allez savoir. Mes parents avaient déjà changé de sujet.

Je ne sais pas s'ils avaient raison. En fin de compte, ça ne m'aurait peut-être pas dérangée d'être un rideau. Mais il était déjà tard, et je suis allée me coucher dans mon ancienne chambre. Elle n'a pas beaucoup changé depuis que j'ai quitté la maison. Mon lit et mon bureau sont toujours là. Une bibliothèque contenant le surplus de livres de mes parents occupe un des murs : c'est la seule nouveauté. Ou presque.

Ce matin, je me suis réveillée tôt. Six heures s'affichaient sur l'horloge de la cuisine. J'ai préparé du café. J'ai un peu hésité avant de m'installer à la place qui avait toujours été celle de ma mère, mais la mienne était inaccessible, car on avait poussé la table contre le mur. Cela m'a fait un drôle d'effet de m'asseoir sur la chaise de ma mère. D'aussi loin que je m'en souvienne, nos places étaient toujours restées les mêmes : mon père et moi adossés au mur, ma mère en face de mon père, et ma sœur à côté d'elle. Tous les matins et tous les soirs nous nous attablions ainsi pour nos repas, un mélange de plats anglais et belges – un *pêle-mêle*, aurait dit ma mère – en mélangeant aussi les deux langues, le français et l'anglais. Mes parents s'étaient rencontrés en Angleterre, où mon père était venu en vacances. Ma mère est originaire du Suffolk, mais elle avait rejoint mon père à Bruxelles après avoir terminé ses études. Ma sœur et moi avons toujours vécu dans cet entre-deux, mais nos places à table n'ont jamais changé. Nous formions un solide carré familial. Je n'ai pas le souvenir d'autres tables, ni d'autres façons de nous installer, car nous avons emménagé ici quand j'étais petite. Et la table est toujours la même.

Quand ma sœur et moi sommes parties, mes parents ont poussé la table contre le mur pour libérer de l'espace. Pendant des années on l'a remise au milieu de la cuisine quand nous étions là, car il nous arrivait de passer plusieurs mois à la maison, notamment en été. Nous retrouvions alors nos places habituelles. À présent la table reste sans doute collée au mur en permanence. J'imagine que mes parents s'installent face à face, mais je n'en suis pas certaine. Lorsque ma sœur et moi venons leur rendre visite, nous prenons nos repas dans le séjour.

Vers sept heures, ma mère m'a rejointe. À me voir là, elle a marqué une surprise – assez légère, si bien que je n'ai pas ressenti le besoin de lui expliquer ma présence. Évidemment, tu sais où sont les clés, a-t-elle dit. Et les draps. Et le café. Sa voix joyeuse m'a tout de suite mise à l'aise : j'étais la bienvenue, ma présence était la preuve que notre famille était intacte, la place que j'usurpais pouvait à certaines occasions me revenir de droit.

Elle a timidement demandé des nouvelles de Thomas. Comme si elle voulait s'assurer qu'il ne nous était rien arrivé. J'ai tenu à la tranquilliser : mon mari m'attendait à Clairon. Elle a paru soulagée, et je n'ai pu m'empêcher de penser à la jeune femme du train. Ainsi qu'à sa mère, qui avait dû dire adieu à ses rêves de petits-enfants et de chaises pour bébés. Certes, la mienne n'a jamais évoqué le sujet, mais j'imagine qu'elle se demande parfois si la chaise haute remisée au grenier ne pourrait pas resservir un jour.

Quelques minutes plus tard, mon père est arrivé. Aussi surpris qu'elle, il a rapidement conclu que ma mère avait organisé ma visite pour que nous puissions passer ensemble sa journée de congé. Il espérait quand même que je resterais un peu, a-t-il dit. Au moins jusqu'au lendemain, car à présent il devait partir : il avait une réunion à dix heures. Mais il tâcherait de rentrer le plus tôt possible.

Puis je leur ai quand même tout raconté. À la table du petit déjeuner. Je leur ai expliqué que c'était Noël. Que j'avais apporté des cadeaux. Que le temps s'était détraqué. Que j'avais compté les jours et que nous étions aujourd'hui le vingt-quatre décembre, si je ne m'étais pas trompée. Que j'étais restée longtemps auprès de Thomas avant de m'installer rue de l'Ermitage, que j'étais retournée à Paris et m'étais laissé entraîner par des voyageurs croisés au hasard. Et que le temps passait, tout en restant immobile.

Je les ai rassurés : il n'y avait ni morts ni blessés. Juste un dérèglement du temps. Je leur ai raconté que je m'étais habituée à l'idée. Que j'étais devenue une autre. Qu'on avait ouvert un sentier dans ma tête, déblayé la neige, défriché des broussailles. Que j'essayais de retrouver mon chemin. Que je voulais faire demi-tour, revenir à un temps normal. Mais j'avais besoin de fêter Noël, de sentir le temps progresser, de ne pas rester éternellement bloquée dans une journée de novembre. Je leur ai dit qu'ils pourraient m'aider.

Après le petit déjeuner, mon père est parti à sa réunion. Avec ma mère, nous avons fait la liste de ce qu'il nous fallait pour le dîner, et elle est allée faire les courses. Elle devait aussi passer à son école, car elle avait des papiers à remplir et un paquet de copies à rendre. Pendant son absence j'ai emprunté son téléphone pour appeler ma sœur, à qui j'ai également tout raconté. Elle avait prévu d'aller à ses cours – elle fait des études de chimie – mais elle a décidé de prendre sa journée pour fêter Noël en famille.

Ma mère est revenue avec une dinde et des choux de Bruxelles. Elle avait même réussi à trouver un *Christmas pudding* et une bûche de Noël – en plein mois de novembre. Nos Noëls ont toujours été un mélange : dinde, bûche et cadeaux le soir du réveillon ; restes de volaille, suivis de *Christmas pudding*, au déjeuner du lendemain. Et un petit cadeau au matin, pour faire un vrai Noël anglais. Avec la dinde, nous nous faisions un devoir d'avaler des choux de Bruxelles. Et pour accompagner le *pudding*, il y avait toujours de la glace à la vanille. Pas de *custard* – ou de la crème anglaise, comme disait mon père – car ma mère n'en raffolait pas. En revanche, les *roast potatoes* étaient obligatoires, tout le monde adorait ça, et nous en préparions de grandes quantités pour en avoir encore le lendemain. Ainsi, nous mêlions deux traditions, Noël et *Christmas*, deux fêtes et deux desserts lourds, sans harmonie ni équilibre. Mais les traditions n'en ont pas forcément besoin. Elles existent, c'est tout. Elles sont là pour nous servir de filet de sécurité. Quand le monde se détraque. Quand le temps se brise.

Maintenant que je suis assise dans mon ancienne chambre en pensant à *Christmas* et à Noël, j'ai le sentiment d'avoir réparé quelque chose. Dans la vie, les différents éléments ne s'accordent pas toujours, mais on peut quand même les faire tenir ensemble. Ma mère et mon père. Ma sœur et moi. Le dix-huit novembre et le jour du réveillon, que nous avions réussi à faire coïncider. Ou presque.

Nous avons préparé un dîner de Noël comme si tout cela était normal. Je réussis très bien les *roast potatoes.* Je sais les faire depuis l'âge de dix ans et c'est toujours moi qui m'en occupe. En rentrant, mon père a commencé à éplucher les choux de Bruxelles. Lisa s'est chargée de la dinde, qu'elle a mise au four au milieu de l'après-midi. Elle avait beau maîtriser la situation, nous n'avons cessé de surveiller la volaille, la retournant de temps à autre ou y enfonçant un thermomètre de cuisson.

Il était déjà tard quand nous nous sommes attablés pour manger notre dinde et notre bûche de Noël. Nous nous sommes installés dans le séjour ; ça fait partie du rituel. J'ai insisté pour offrir des cadeaux à tout le monde, beaucoup de cadeaux, j'en avais plusieurs sacs remplis.

J'essaie de ne pas penser à Thomas, mais je ne peux pas m'en empêcher. Il me manque. Il aurait dévoré mes *roast potatoes* en m'incitant à en préparer plus souvent, et pas seulement à Noël. Il aurait mangé la volaille rôtie de Lisa avec grand plaisir. Il aurait avalé ses choux de Bruxelles sans rechigner, mais il aurait réclamé de la gelée de coing, car cela fait partie de nos traditions de Noël. Ce n'est pas une vieille tradition, ni dans sa famille ni dans la mienne ; elle n'existe que parce qu'il y avait un cognassier dans le jardin quand nous nous sommes installés ici. Tous les ans, ma mère ramasse les coings jaunes. Elle l'a d'abord fait par devoir, et puis c'est devenu une habitude. Le geste lui rappelle les années passées dans cette maison. Au printemps, l'arbre se pare de fleurs roses, puis de feuilles vert tendre avant que n'apparaissent les petits fruits. Peu à peu, ils prennent une teinte jaune pâle. Gros et solitaires, ou formant des grappes autour des branches, ils se détachent en arrivant à maturité. Lorsque le mois de novembre est bien avancé, c'est le moment de ramasser les coings jaune vif à l'aspect ciré et légèrement huileux. Ma mère les conserve dans un bol où ils se couvrent de taches marron en exhalant leur parfum si particulier. Et elle prépare une gelée translucide d'un rouge profond dont la couleur m'a toujours semblé mystérieuse. Comment un fruit jaune peut-il se transformer en une gelée aussi sombre ? Au cours des années, l'arbre a été taillé, et il a fait des drageons. Quand nous avons repris la maison de Clairon, Thomas a demandé s'il pouvait en emporter un. Mes parents lui en ont donné quatre, qu'il a plantés en proclamant qu'un jour il perpétuerait la tradition et apprendrait à confectionner de la gelée. Mais cette année il n'y en a pas pour accompagner le dîner de Noël, car les coings luisent toujours dans l'obscurité du dehors. Et la tradition ne s'est imposée que parce que nous avions découvert un cognassier dans le jardin de devant.

Pendant le dîner, nous n'avons guère parlé de la défectuosité du temps. J'avais déjà raconté l'essentiel, et je crois que mes parents avaient besoin de réfléchir pour comprendre ce qui s'était passé. Lisa s'était montrée très intéressée par le principe même du phénomène, par le mécanisme qui le régissait. Nous en avons discuté plusieurs fois pendant la journée, et à la fin du dîner, pendant que nous rangions les restes du repas dans le réfrigérateur, elle a proposé de m'accompagner dans mes voyages. J'ignorais si c'était possible, mais je lui ai précisé que, dans ce cas, il me faudrait tout lui réexpliquer chaque matin. Je lui ai raconté que j'avais essayé de persuader Thomas de venir avec moi à Paris. Et qu'il avait hésité. Il n'avait pas voulu se faire happer par ma journée de novembre. Contrairement à lui, Lisa n'a fait preuve d'aucune réticence. Pour elle, c'était parfaitement réalisable. Elle en parlait comme s'il s'agissait de vacances. Elle avait envie de soleil, de chaleur. Elle avait besoin de faire une pause, elle était en train de terminer son mémoire de master. Elle pourrait peut-être continuer à travailler tout en voyageant. Il lui restait encore une partie à rédiger. Je pourrais l'aider. Je lui ai rétorqué qu'elle perdrait tout pendant la nuit, mais le problème ne lui a pas paru insoluble. Je n'aurais qu'à garder les feuillets dans mon lit. Ainsi je la ferais avancer, même si le temps faisait du surplace. Et nous profiterions du soleil méditerranéen. Sauf que je ne voulais pas aller vers le sud. Je voulais retrouver décembre et janvier. Je voulais que l'année se remette en marche.

À minuit passé, alors que Lisa était rentrée chez elle et que mes parents dormaient, je suis retournée dans la cuisine. Je suis allée chercher un sac isotherme dans le débarras, car je ne faisais pas confiance au réfrigérateur pour conserver les restes du repas jusqu'au lendemain. Dans le congélateur, j'ai trouvé deux sachets de bouillon de volaille. J'en ai mis un au fond du sac et j'ai posé l'autre à la verticale. Lisa avait rangé les restes de dinde et de choux de Bruxelles dans une boîte en plastique. Je l'ai glissée dans le sac, et j'ai réussi à faire tenir quatre grosses pommes de terre dans un deuxième récipient. Les autres, j'ai dû les laisser dans le réfrigérateur. En haut du sac, j'ai posé le carton du pâtissier, qui contenait toujours une dernière tranche de bûche.

En fermant le sac isotherme, j'ai senti ma gaieté se frayer un chemin. Mon regard était tombé sur le carton du *Christmas pudding*. J'ai compris que, si je voulais en manger le jour de Noël, je devrais dormir avec le carton à côté de moi. J'ai dû mettre la main devant ma bouche pour ne réveiller personne, car un rire a surgi de mes entrailles, remontant comme des bulles à travers mon diaphragme et ma cage thoracique. Mon accès d'hilarité s'est transformé en un gloussement. J'en avais les larmes aux yeux ; des larmes de joie que je dissimulais derrière ma main.

Une insouciance qui faisait un pied de nez à mes efforts pour garder la maîtrise du temps. Je riais de mon sérieux, de mon insistance à vouloir respecter les traditions de Noël, et j'ai de nouveau ressenti toute la palette de mon humeur : l'allégresse, le désespoir, un mélange confus de chagrin et de joie. Et puis ce rire jaillissant tout à coup dans ma nuit de Noël.

Cela n'a duré que quelques minutes, mais j'ai eu le sentiment de me retrouver en état de lévitation. Puis, quand mon hilarité est retombée, le réfrigérateur s'est mis à faire un bruit que j'ai d'abord confondu avec son habituel ronronnement. Mais il a soudain changé de ton pour résonner exactement comme mon rire : un mélange de gloussements et de sanglots. Peut-être de façon plus mécanique, d'autant que l'appareil ne faisait aucun effort de discrétion. Il riait de façon saccadée et plaintive, comme si je l'avais contaminé. Comme s'il partageait ma joie. Ou mon chagrin. Cela dit, ce n'était pas grave. Un réfrigérateur incapable de conserver les restes d'un repas de Noël a bien le droit de rire comme un être humain. Ou de pleurer, s'il en a envie.

J'ai glissé notre *Christmas pudding* sous la couette, à mes pieds, et posé le sac isotherme sous mon lit. Avec un peu de chance, nous pourrions continuer à fêter Noël le lendemain. Nous aurions du *pudding* et des restes de dinde, j'avais fait ce que je pouvais. Et maintenant, enveloppée dans ma couette, adossée à mon oreiller, ma liasse de papiers reposant sur le tome I de l'*Encyclopædia Britannica* que mes parents avaient rangée dans ma chambre, je m'imagine hors d'atteinte.

C'est la nuit de Noël. Je me sens à la fois insouciante et pleine de sérieux. Soutenue par l'oreiller, un carton de *Christmas pudding* à mes pieds, assise devant une encyclopédie et des papiers qui gardent le souvenir de tout ce que les hommes oublient.

J'ai laissé les cadeaux dans le séjour. Ils vont sans doute disparaître. De toute manière, cela ne se fait pas d'offrir des cadeaux qu'on a déjà offerts. J'ai froissé le papier cadeau, que j'ai jeté dans la poubelle près de la remise du jardin. Le plus important, ce sont les restes du repas : manger des restes fait partie des traditions de Noël. C'est peut-être cela que nous fêtons : qu'il subsiste toujours quelque chose. Quelque chose qu'on peut emporter. C'est sûrement pour ça que le réfrigérateur a entonné son rire mêlé de sanglots.

Le réfrigérateur a fini par se taire. Je suis passée devant à pas de loup pour me diriger vers la chambre de mes parents. Ils dormaient profondément tous les deux, en faisant des bruits différents. Deux bruits bien distincts que je n'avais jamais remarqués quand j'étais enfant. Sans doute parce que c'était moi qui dormais et eux qui écoutaient. Ou alors, ce sont des bruits venus avec l'âge.

Je suis allée chercher un verre d'eau à la cuisine et j'ai fermé les rideaux de ma chambre. Les rideaux étaient déjà là quand j'étais adolescente, et le papier peint également : un motif en zigzag d'un rose tirant sur le beige. J'ai l'impression qu'à l'époque le rose était plus soutenu, mais je me trompe sans doute.

403

Bien sûr, notre matin de Noël a débuté de manière un peu chaotique. Mes parents ne se souvenaient de rien. Avant que nous prenions notre petit déjeuner, j'ai dû tout leur raconter, de ma brûlure jusqu'au réfrigérateur hilare.

Ils s'étaient réveillés alors que je préparais du café. Encore une fois, leur surprise était moins grande que je ne l'aurais imaginé. Ma mère était heureuse de constater qu'il m'arrivait encore de débarquer à l'improviste, et mon père était persuadé que ma mère était au courant. Pendant que nous buvions le café, qui était trop fort, j'ai recommencé mes explications de la veille, en complétant mon récit par notre repas de réveillon et par l'épisode du réfrigérateur. Ma mère a fini par s'impatienter. Elle s'est levée pour chercher du pain et de la confiture d'abricots, tandis que mon père est allé passer un coup de fil pour annuler sa réunion. En revenant, il a refait du café – moins fort que le mien – et nous avons mangé nos tartines de confiture. Pour essayer de comprendre ce que je venais de leur raconter, mes parents m'ont posé toutes sortes de questions sur des détails plus ou moins pertinents, et ils m'ont proposé des solutions que j'avais déjà envisagées – ce que j'ai dû leur avouer.

Après notre café et nos tartines, nous sommes passés directement aux restes du dîner. Mais mon père s'est contenté de picorer dans son assiette. Je lui ai pourtant assuré que la nourriture était restée au frais toute la nuit – dans un sac isotherme, certes – et qu'il n'y avait aucun danger, puisque les sachets de bouillon que j'avais utilisés comme blocs réfrigérants n'avaient fondu qu'à moitié. D'ailleurs, s'il n'avait pas d'appétit, ce n'était pas parce qu'il craignait pour sa santé, à mon avis. Je pense qu'en réalité il a dû lui sembler légèrement étrange de manger les restes d'un repas auquel il avait participé, mais dont il ne se souvenait absolument pas.

J'avais réchauffé les pommes de terre dans le four, mais ma mère a décrété qu'il n'y en avait pas assez, et elle a sorti du réfrigérateur les trois pommes de terre que je n'avais pas réussi à glisser dans le sac isotherme. À ma grande surprise, elles n'avaient pas disparu. Sans doute parce que je les avais préparées moi-même. Me lançant dans un long développement sur les bizarreries du temps, j'ai expliqué que le passage d'un temps à l'autre n'avait rien de régulier. Qu'il ne se produisait pas de façon mécanique. C'était plutôt un phénomène optique. Une sorte de fondu enchaîné, ou une translation, au sens mathématique du terme. Ou peut-être un entrelacement. Mon temps progressif, où j'accumulais et consommais, s'opposait à l'amnésie du reste du monde. Mais il n'y avait pas de règles immuables. On avait plutôt affaire à des principes fluctuants, à des lois empreintes d'incertitude. Une incertitude que je ne parvenais pas à appréhender, mais qui faisait naître une différence entre les éléments du monde que j'avais touchés – comme les pommes de terre au four – et ceux qui retournaient à leur point de départ.

J'ai dit à mon père que l'incertitude apparaissait à l'endroit où les deux temps se rencontraient, mais mon explication ne lui a pas paru satisfaisante. Encore une fois j'ai insisté : il n'y avait pas de règles précises. Ce n'était pas mécanique. Les choux de Bruxelles que nous avions épluchés et fait cuire n'auraient peut-être pas disparu du réfrigérateur. Ni la dinde dont nous n'avions cessé de surveiller la cuisson. Mais je n'avais voulu prendre aucun risque. Si je n'avais pas mis les légumes et les morceaux de volaille dans un sac isotherme et conservé le carton du *Christmas pudding* dans mon lit, nous aurions probablement dû nous contenter des trois pommes de terre un peu ratatinées. Tout le reste se serait volatilisé. Cela dit, je n'étais pas absolument sûre de mon fait. Les actes accomplis en compagnie de Thomas avaient souvent un caractère définitif, contrairement à ma tentative de déplacer un radiateur à gaz chez Philip Maurel, par exemple. Cela vaudrait peut-être aussi pour un repas de réveillon préparé en famille, mais je n'avais aucune envie de me livrer à des expériences. Je ne tenais pas à gâcher notre déjeuner de Noël.

Mon père avait le sentiment de manger des restes laissés par quelqu'un d'autre. Mais cela ne le gênait pas trop, a-t-il déclaré. D'autant qu'il ne tenait pas à se rappeler qu'il était attablé devant les reliefs de son propre dîner de réveillon. Et que nous étions le dix-huit novembre.

Pour ma mère, mon rapport aux objets relevait plutôt d'un projet pédagogique. Comme s'ils étaient sensibles à la communication et pouvaient subir un processus d'apprentissage. Les objets de ce monde devaient en quelque sorte être retravaillés. On pouvait peut-être agir sur eux par la persuasion, mais sans avoir recours à une méthode prédéfinie. Il fallait s'adapter à leur nature. Que le passage d'un temps à l'autre n'ait rien de mécanique ne lui posait aucun problème. L'incertitude non plus. Sur ce point, mon père était d'accord avec elle. Ce qui ne les a pas empêchés de se lancer dans une discussion sur leur façon de voir les choses. Sans cacher leurs divergences, mais en gardant un ton amical. Pour eux, la zone d'indétermination entourant les objets semblait apparemment faire partie des questions banales du quotidien, au même titre que la quantité de café à utiliser dans une cafetière à piston, ou la manière de convaincre leurs filles adolescentes de participer aux tâches domestiques. Mesures strictes ou intuitions, pédagogie ou règles : j'avais déjà assisté à ce débat ; et je les entendais encore changer de point de vue selon l'évolution de l'échange : quand l'un adoptait une position extrême, l'autre s'alignait sur celle que son interlocuteur venait d'abandonner, de façon à préserver l'équilibre.

Mais notre conversation s'est arrêtée là, car il était temps de penser au *Christmas pudding*, qui se trouvait toujours dans mon lit et devait passer deux heures au bain-marie.

Nous avons décidé de ne pas téléphoner à Lisa. J'avais appris à mes parents qu'elle avait proposé de m'accompagner dans mes voyages, et l'idée leur avait fortement déplu. Je leur ai pourtant assuré que mon état n'était pas contagieux : je ne risquerais sans doute pas de l'entraîner dans mon univers répétitif, mais ils ont estimé qu'il valait mieux la tenir en dehors de tout cela.

Je ne leur ai pas parlé des cadeaux. De toute manière, ils avaient disparu et mes parents ne se rappelaient pas ce que je leur avais offert. Entre-temps j'avais d'ailleurs pensé à d'autres présents, qui leur plairaient peut-être davantage. Mais cela attendrait Noël prochain.

Finalement, ma mère et moi sommes allées en ville. Ma mère voulait m'acheter un cadeau ; pendant ce temps, mon père surveillerait le *pudding*. Elle voulait m'offrir une robe. Ou autre chose qui me ferait plaisir. Je crois qu'elle était prête à tout pour m'empêcher d'embarquer sa fille cadette dans l'inconnu, et je n'ai pas eu le cœur à lui dire que j'avais les moyens de m'acheter toutes les robes que je voulais. Qu'ensuite elles ne disparaissent pas était une autre histoire. Pour cela, il faudrait de la persuasion, une vraie connaissance du comportement des objets. Une pédagogie des matières, en quelque sorte.

J'ai trouvé une robe gris-bleu en laine mélangée. Je pourrais la mettre sous ma robe noire, que je porte tous les jours depuis mon départ de Paris et lave parfois dans le lavabo avec le savon ou le shampoing des hôtels dans lesquels je descends. J'ignore si je peux conserver une nouvelle robe sans la garder sur moi en permanence, mais j'ai jugé plus prudent de l'enfiler sous l'autre. Son ourlet gris-bleu dépasse sous celui de ma robe noire, mais on dirait que c'est fait exprès. Personne ne voit que je suis en train de lui apprendre à rester avec moi.

Dans le même magasin j'ai aussi trouvé des sous-vêtements en laine : des molletières et un maillot de corps à manches longues que je porterai quand l'hiver arrivera. Depuis que j'ai eu l'idée de fêter Noël, je ne cesse de penser à l'hiver. En voyant ces sous-vêtements j'ai compris que je devais faire en sorte de retrouver les saisons. Qu'il me fallait des vêtements chauds et une météo qui aille avec. Certes, nous venions de fêter une sorte de Noël, et le *pudding* était toujours en train de chauffer sur la cuisinière. Mais le temps de Bruxelles était trop automnal, il y avait trop de feuilles aux arbres et de coings dans l'herbe.

Ma mère espérait que j'allais retrouver un temps normal. Elle pensait que je réussirais. J'avais toujours suivi mon propre chemin, a-t-elle affirmé. Je ne sais pas exactement ce qu'elle entendait par là, et je ne suis pas certaine qu'elle ait raison, mais je n'ai rien dit. Puis la vendeuse est venue s'occuper de nous, et peu après nous sommes montées dans un bus qui nous a ramenées en banlieue.

À notre retour, l'après-midi était déjà bien avancé. Le ciel s'obscurcissait et les coings luisaient dans l'herbe comme des boules de cuivre jaune sous l'arbre presque nu. Nous avons mangé notre *Christmas pudding*, et dans la soirée nous avons préparé des sandwichs avec les derniers restes de dinde. Nous n'avions plus très faim après le *pudding*, que nous avions dû manger sans glace à la vanille, car la glace avait disparu du congélateur pendant la nuit. C'était prévisible, mais je n'y avais pas pensé, et personne n'avait envie de sortir pour en racheter. Nous étions tous fatigués. Vers dix heures, nous nous sommes souhaité bonne nuit et sommes allés nous coucher.

J'allais me glisser sous la couette quand ma mère est venue dans ma chambre. Elle s'est assise à côté de mon lit, comme elle le faisait souvent quand j'étais enfant. Elle a même continué à le faire jusqu'à ce que je quitte la maison : je me souviens de mon embarras d'adolescente, partagée entre le désir de la voir s'en aller pour me permettre d'avancer dans une existence dont elle ne faisait plus partie, et la tentation de replonger dans un monde où l'on pouvait faire confiance aux adultes pour résoudre les problèmes. Là, j'espérais sans doute que ma mère allait remettre en route le temps avant de quitter ma chambre sur la pointe des pieds. Comme elle avait remis en place le bras d'un de ses élèves quand il s'était luxé l'épaule pendant une excursion. Lisa et moi avions assisté à la scène, et j'avais été fière et étonnée en voyant le soulagement du garçon. Ma mère l'avait empoigné avec violence et douceur à la fois, comme si elle voulait le soulever. Puis elle avait tiré, et le bras du garçon avait cessé de former un angle bizarre par rapport à son corps. Une mère sait tout faire, avais-je pensé à l'époque. Qu'elle ait été capable de remettre en place un membre démis m'avait rassérénée.

Mais elle ne pouvait pas grand-chose contre le dérèglement du temps. Nous avons évoqué la possibilité de retrouver un temps normal en nous réveillant le lendemain. D'échapper à la boucle, aux répétitions. Pourtant, nous n'y croyions guère, nous prononcions nos répliques par devoir, comme dans ces jeux auxquels nous jouions en famille quand ma sœur et moi étions petites. Je me souviens notamment qu'avec mon père nous nous amusions à tenir un restaurant : il se promenait avec une serviette sur le bras, tandis que Lisa et moi rédigions des cartes où figuraient des plats étranges et des prix fantaisistes. À présent, nous venions de jouer à Noël et nous faisions maintenant semblant de croire à une solution. Mes parents s'étaient docilement pliés au jeu ; ma mère avait été jusqu'à imaginer que cette histoire serait bientôt du passé et que nous nous réveillerions le dix-neuf novembre. Ou peut-être le vingt-six décembre. Je pense qu'elle était avant tout soulagée d'être parvenue à la fin de la journée sans me voir entraîner Lisa dans ma mésaventure. Je lui ai dit de ramasser ses coings et de préparer sa gelée – comme ça, je reviendrais à Noël.

J'ai tenté de la rassurer : je trouverais bien une issue. Il y avait certainement une réponse. Quelque part il y avait une solution. Et je la découvrirais. Je continuerais de voyager, j'avais envie de voir du pays, d'écouter les conversations des gens. En m'aidant d'un dictionnaire. Cela me serait bien utile. Quand on sait écouter, le monde est plein de bons conseils, ai-je dit.

Pourquoi ai-je dit ça ? J'avais commencé à réfléchir à des endroits où aller, je pensais aux trains et aux passagers ; dans l'espoir de tranquilliser ma mère, je m'étais saisie de la première idée qui m'était venue.

Elle n'avait jamais vu les choses sous cet angle, a-t-elle répondu. Était-il vraiment possible de résoudre les difficultés de l'existence en écoutant les gens ? En discutant avec sa famille ou ses amis proches, sans doute. Mais elle se demandait ce qu'on pouvait tirer de conversations entendues au hasard.

J'étais persuadée qu'on pouvait résoudre n'importe quel problème en étant à l'écoute, lui ai-je répondu. À condition d'être suffisamment attentif. Les grandes questions de la vie, tout. Et si les conversations des gens ne suffisaient pas, il y avait toujours le chant des oiseaux. Ou le bruit du vent. On y découvrirait bien quelque chose.

J'étais consciente de nous engager sur une voie de garage. En réalité, je n'avais jamais envisagé de voyager pour écouter les gens que je croisais. Ou le bruit du vent. Je me conduisais comme une enfant qui se voit obligée de suivre son raisonnement jusqu'au bout. Par défi, ou pour éviter de parler à ma mère de l'idée qui venait de me submerger : je pourrais écouter tout ce que je voudrais, jamais je n'échapperais au dix-huit novembre.

Je savais qu'elle ne pensait pas comme moi, et je le lui ai dit. À ses yeux, il n'y avait qu'un seul moyen de résoudre les problèmes de ce monde : elle a toujours considéré que tout changement devait commencer à petite échelle. Par les enfants. Rien n'évoluerait tant que nous ne l'aurions pas compris. Tant que nous n'aurions pas changé notre comportement envers les plus jeunes habitants de notre planète.

Ma mère a paru soulagée quand j'ai amené la conversation sur son sujet de prédilection. D'aussi loin que je me souvienne, les enfants avaient toujours été au centre de ses préoccupations. Ses élèves, ses propres enfants, les enfants du monde entier. Pour elle, c'était Noël tous les jours, ai-je déclaré : chaque fois qu'un enfant naissait, on nous offrait une nouvelle chance de faire de ce monde un endroit meilleur. Elle estimait réellement – elle l'a admis quand je le lui ai affirmé – qu'à condition de saisir cette possibilité nous verrions apparaître des changements. Petit à petit. Les guerres, la violence, les abus de pouvoir, la corruption : tout cela diminuerait, et il serait plus facile de résoudre les autres problèmes, comme la faim, les maladies et la pauvreté. Elle y a toujours cru. À cause de sa propre enfance, de son éducation. Et je suis persuadée qu'elle le pense sérieusement :

si on ne les abîme pas, les enfants pourront d'eux-mêmes changer le monde en mieux.

Je lui ai demandé si elle voyait vraiment les choses comme ça. Si c'était aussi simple. Oui, a-t-elle répondu. Aussi simple, mais pas facile. Car il ne s'agissait pas de laisser faire la nature. Les enfants avaient besoin d'être guidés.

Je l'ai arrêtée, car je connaissais par cœur ce qu'elle considérait comme les ingrédients nécessaires à une bonne éducation. Les enfants devaient apprendre plusieurs langues, savoir cultiver un jardin, connaître le chant et la musique. Nous devions les aider à traverser l'enfance sans dommages, mais faire en sorte qu'ils aient un caractère bien trempé pour affronter les épreuves. C'était comme avec les plantes, disait-elle : il fallait agir avec délicatesse. Avant même qu'elle ait pu se lancer dans son discours habituel, j'ai objecté que sa manière de penser me semblait relever d'une sorte de mécanique. Une mécanique douce, certes. Une mécanique du salut, où les enfants étaient censés sauver le monde. Une mécanique de Noël, ai-je dit en sachant pertinemment qu'elle détestait se voir traitée de mécaniste. C'étaient mon père et ma sœur qui pensaient ainsi : la technologie allait nous venir en aide.

Je lui ai posé la question : est-ce qu'elle rêvait de petits-enfants ? Est-ce qu'elle rêvait de descendre la chaise haute du grenier ? Elle n'en savait rien. Elle désirait surtout voir ses propres enfants heureuses. Être capable de montrer à ses élèves le bon chemin.

Et peut-être pouvoir réparer quelques dégâts. Un jour, a-t-elle dit, un jour, bien sûr, elle aimerait bien avoir des petits-enfants. Mais pour l'instant elle se contentait des enfants qu'elle avait.

Tout en l'écoutant je m'étais blottie sous la couette. Elle m'a bordée, comme si j'étais encore une gamine. Et soudain elle a entonné *In the Bleak Midwinter,* doucement, comme une berceuse.

In the bleak midwinter
Frosty wind made moan,
Earth stood hard as iron,
Water like a stone ;
Snow had fallen, snow on snow,
Snow on snow,
In the bleak midwinter
Long ago.

Elle l'a chanté d'un bout à l'autre – les cinq strophes – et je n'ai pu m'empêcher de joindre ma voix à la sienne, car cet hymne m'a toujours paru inséparable de Noël. Me redressant dans mon lit, j'ai entonné la partie d'alto, puisque ma mère avait très tôt renoncé à faire monter ma voix dans les aigus, me laissant cultiver le juste milieu. Ma mère et Lisa chantaient toujours la mélodie, mon père marmonnait quelques notes de basse, et ma tâche consistait à maintenir l'équilibre de l'ensemble, sans empiéter sur la partie de soprano ni sur le bourdonnement des graves. Mais, à présent, nous devions nous passer de basse. Arrivant à la fin de la dernière strophe, nous étions presque parvenues à une justesse parfaite.

Quand la dernière note s'est tue, elle m'a souhaité bonne nuit. J'ai attendu qu'elle ait quitté ma chambre pour mettre ma nouvelle robe. J'ai enfilé l'ancienne par-dessus et rangé mes sous-vêtements en laine dans mon sac.

Dans la maison, tout est redevenu silencieux. Quand j'ai été certaine que mes parents dormaient, je me suis approchée de leur chambre sur la pointe des pieds. Je voulais écouter leurs bruits. J'ai bien entendu leur respiration : un chœur déséquilibré composé de deux parents venant de jouer à Noël avec leur enfant adulte.

Je suis allée chercher une lampe de poche dans le placard à balais. Puis j'ai réuni mes affaires et choisi quelques livres sur les étagères de ma chambre. Je me suis rappelé que j'avais dit à mes parents que j'étais venue à Bruxelles en chercher. À présent, c'était vrai. J'ai pris des livres à eux, et je suis maintenant assise sur mon lit. J'attends. J'ai fait disparaître toute trace de ma visite, j'ai mis le reste de *pudding* dans une boîte en plastique que j'ai glissée dans mon sac. Bientôt, la nuit aura effacé tout souvenir de notre dix-huit novembre. Avant le réveil de mes parents, j'aurai quitté la maison.

404

Maintenant, dans le train, je me dis que ma famille ressemble à un noyau dur dont les bords s'effritent. Comme s'il y avait toujours quelque chose qui tombait en poussière.

Je pense aux papiers peints qui se fanent. Je pense à la cigarette de ma mère, qu'elle laissait souvent se consumer toute seule parce qu'elle était occupée par autre chose. À la cendre, qui formait un long trait gris dans le cendrier, jusqu'à ce qu'on souffle dessus pour la réduire en poussière.

Je pense aux deux morceaux de sucre que mon père faisait fondre dans son café. Au petit bruit de la cuillère remuant les morceaux : un bruit qui s'amenuisait jusqu'à ne laisser subsister que le tintement du métal contre la porcelaine.

Je pense aux bains chauds. À Lisa et moi, assises dans la baignoire. Nous dessinions sur le carrelage avec des bâtons de couleur, mais les couleurs finissaient par se délayer dans l'eau, formant une soupe marronnasse que nous faisions disparaître en ôtant le bouchon de la bonde. Parfois nous feuilletions des catalogues de jouets ou des albums de bandes dessinées. Nous en arrachions les pages et les laissions s'imbiber d'eau, les feuilles se ramollissaient et les couleurs se fondaient les unes dans les autres. À la fin il n'en restait plus que des petites lamelles et des boules grisâtres de papier trempé.

Je pense aux langues de la maison, aux confusions grammaticales, à notre manière de flotter parmi des mots au sens incertain. Tant que nous restions entre nos quatre murs, les langues étaient mouvantes, floues. Mais à l'extérieur elles redevenaient précises. À l'école nous parlions français, et en Angleterre tout se passait en anglais. Au pays des monoglottes, comme disait ma mère. Pays où l'on pouvait devenir roi en ne parlant qu'une seule langue, et dont nous avons rapidement appris à respecter les codes, puisqu'il fallait obligatoirement dire *thank you* et *please* pour se faire comprendre.

Je pense au silo à compost du jardin, où des branches et des feuilles, des plantes vertes moribondes et des épluchures de légumes se mélangeaient en une masse indistincte qui changeait peu à peu de couleur, devenait friable et se transformait en un terreau que nous répandions sur le sol en regardant les vers rougeâtres gigoter au contact de la lumière.

Je pense au poêle à bois que nous avions fait installer. Je pense à la chaleur, aux bûches qui tombaient en cendres. À la pile de bois sous le poêle : au bout de quelques heures il n'en restait presque plus, et il fallait de nouveau aller en chercher. En hiver, c'était moi qui en étais chargée ; juste quelques bûches en fin d'après-midi quand je rentrais de l'école. Des morceaux de bois qui disparaissaient, qui chauffaient le séjour et se transformaient en poussière.

Toute cette décomposition a fini par créer un noyau. Une famille où chacun a sa place attitrée. Une famille avec des traditions. Un lieu où l'on peut retourner. Je pense aux journées de brouillard passées avec Thomas. Cette dégradation est sans doute nécessaire pour que les choses se solidifient.

Mais à présent je suis dans un train, et mes parents vont et viennent dans la maison comme si de rien n'était. Je suis partie dans le noir ; pour trouver mon chemin je n'avais que ma lampe de poche et l'éclairage de la rue. Il faisait frisquet, mais ce n'était pas un froid hivernal. J'ai traversé le quartier pavillonnaire, longé des magasins de banlieue, parcouru les artères menant au centre-ville, puis je suis montée dans un bus qui m'a conduite jusqu'à Bruxelles-Midi.

Je me suis attablée dans le seul café ouvert. À mon arrivée, la gare était encore déserte, mais les voyageurs n'ont pas tardé à affluer. Je me déplaçais de temps à autre ; j'attendais une solution, guettais une issue. Je ne voulais plus voyager au hasard. Je me suis dit qu'il fallait partir vers le nord. Vers le froid. J'avais besoin d'hiver. En milieu de matinée, alors que les voyageurs se faisaient plus rares, j'ai pris mon billet.

Je n'écoute plus les conversations, car je sais où je vais. Et personne ne dit *Winterreise,* bien que nous ayons passé la frontière allemande.

405

Je suis descendue à Cologne. C'était le terminus. Après avoir traversé le hall de la gare, je me suis retrouvée devant la cathédrale. Soudain, l'horloge s'est mise à sonner. Il était quatre heures. À ma surprise, il faisait plus chaud qu'à Bruxelles. Une brise tiède m'avait accueillie à la sortie de la gare, il ne pleuvait pas et la température m'a paru bien élevée pour un mois de novembre. Trop élevée pour se croire en hiver. Je suis retournée à la gare, et j'ai pris le premier train se dirigeant vers le nord. Il m'a emmenée à Brême. En arrivant, j'ai marché jusqu'au centre-ville et pris une chambre dans l'hôtel où j'avais déjà passé la nuit après avoir laissé mon amie abandonnée entre les bras de la dame en beige.

J'ai demandé la même chambre que la dernière fois. Il était tard, et j'étais trop fatiguée pour aller chercher quelque chose à manger. Trop fatiguée pour penser à mes parents. Ils étaient sûrement assis face à face à la table de la cuisine, qu'ils avaient de nouveau repoussée contre le mur. Peut-être contemplaient-ils un bol rempli de coings dont le parfum de novembre embaumait la pièce.

J'ai mangé le reste de notre *Christmas pudding*. Un dîner un peu fruste, mais j'y ai trouvé une sorte de réconfort, comme si quelqu'un se souciait encore de moi. Et un goût un peu lourd, rappelant Noël, la famille et le temps révolu.

En me brossant les dents, j'ai aperçu mon reflet dans le miroir double face. J'avais les traits tirés. Perdue dans mes pensées, j'ai machinalement retourné le miroir. Quand j'ai de nouveau levé les yeux, j'ai découvert mon visage agrandi. C'était toujours le mien, mais il m'a semblé vieilli. En le regardant de plus près, j'ai vu des rides et de minuscules taches que je n'avais jamais remarquées. J'ai eu l'impression d'avoir fait un saut. De l'enfance à l'âge adulte, pour ainsi dire. Séjourner en famille, ça vieillit. Les berceuses et les hymnes de Noël, ça donne des rides.

Avant de me mettre au lit, j'ai enlevé ma robe noire, mais j'ai gardé ma nouvelle robe. Ce matin je me suis réveillée de bonne heure, car il faisait trop chaud pour dormir vêtue de laine. Mais la robe n'a pas disparu, et les sous-vêtements, que j'avais posés à côté de moi, sont toujours là. Je suis parée pour l'hiver. Après avoir pris mon petit déjeuner, j'ai commencé à préparer mon voyage vers le nord.

J'avais pensé aller en Norvège. Prendre un bateau qui m'emmènerait le long de la côte jusqu'à un endroit où il y aurait de la neige. J'ai passé l'essentiel de la journée à étudier les lignes maritimes. J'ai trouvé une traversée à partir de Kiel, mais il n'y avait aucun départ le dix-huit novembre. Il aurait fallu que j'attende le dix-neuf, ce qui n'était pas possible. Du Danemark, il y avait deux ferries, un rapide et un autre plus lent. Le bateau lent naviguait de nuit. Mais que se passerait-il si je franchissais des mers pendant la nuit ? Quel jour accosterait un ferry appareillant le dix-huit au soir ? Le dix-neuf ? Est-ce qu'il ne reviendrait pas au port ? La question n'était pas simple. À l'agence de voyages où je me suis renseignée, on a simplement pu me dire qu'il partait à dix-huit heures trente. Si je prenais le train de onze heures, j'y serais à temps, et j'arriverais en Norvège demain matin. Le dix-neuf. En principe. Quant à l'autre, le ferry rapide, son départ était annulé. Il y avait eu une tempête, le bateau avait subi une avarie, autrement il m'aurait emmenée en Norvège avant minuit. On m'a proposé des avions, mais je me méfie des vols du dix-huit novembre. De toute manière, je n'aime pas l'avion et je n'ai pas de voiture, si bien que j'ai décidé de prendre le train. En passant par le Danemark, je pourrai continuer vers le nord. Ce sera plus lent, mais pas infaisable. Je partirai demain matin, mais pour l'instant je suis assise à la fenêtre de ma chambre d'hôtel. C'est l'après-midi, le ciel est nuageux et je m'apprête à mettre cap sur l'hiver. Je regarde la rue en contrebas, la gare n'est pas loin, en me penchant par la fenêtre je pourrais l'apercevoir. Sur la place on est en train d'installer des guirlandes lumineuses dans les arbres. Des tramways passent, je les entends s'arrêter et repartir en accélérant. J'observe le ciel gris, je sens un air froid. Rien ne me rappelle la journée pluvieuse de Clairon, ni la fraîche journée de Paris. Pas plus que le climat automnal de Bruxelles, car il n'y a pas de vent. Ou que l'après-midi trop doux de Cologne. Ici, l'air est plus vif. C'est peut-être un signe prémonitoire de l'hiver.

Pourquoi ne vais-je pas dans un endroit chaud ? En Espagne, en Italie, ou dans une île grecque aux plages tranquilles ? Après tant de journées pluvieuses, je devrais avoir des désirs d'été et de soleil, mais j'ai envie d'hiver. J'ai envie de décembre et de janvier. J'ai envie d'une année qui avance. J'ai envie d'obscurité et de froid. D'autre chose que de ciels gris et de journées ponctuées d'averses et d'éclaircies. Je veux un air plus mordant.

406

Ce n'est pas ici que je trouverai l'hiver. Ni la neige. L'après-midi est déjà bien avancé, il n'y a pas de vent, le ciel est gris et il ne fait pas spécialement froid. Ce matin, après mon petit déjeuner, j'ai pris le train de Brême à Hambourg, puis j'ai traversé une Allemagne du Nord que l'on devinait à peine dans la brume matinale. Le temps s'est levé à Neumünster, mais nous nous sommes enfoncés ensuite dans un épais brouillard où l'on ne distinguait que les arbres dénudés et tordus longeant les rails. Le brouillard a fini par se dissiper et je me trouve maintenant au Danemark, à Odense, où je suis déjà venue il y a quelques années avec Thomas pour assister à une vente. En attendant notre train, nous nous étions installés à l'endroit même où j'attends le mien, dans un coin reculé de la gare. Ce devait être en hiver, mais je ne m'en souviens plus très bien. Je me rappelle seulement qu'il a commencé à neiger. Nous étions entourés de sacs, car nous avions acheté beaucoup de livres. C'était aux débuts de T. & T. Selter. Nous partions souvent assister à des ventes et rentrions avec des valises et des sacs chargés. Pas à Clairon, mais à Bruxelles. La firme n'était alors qu'une bibliothèque et un bureau occupant un coin de mon minuscule appartement, où Thomas venait de s'installer avec ce qui allait constituer notre fonds initial. Nous avions eu de la chance avec certains achats, nous commencions à nous y connaître en livres anciens. Et je n'allais pas tarder à développer un certain flair. J'ai appris à reconnaître un papier de qualité, une belle typographie, des planches scientifiques bien imprimées. Nous avons réussi à mettre la main sur des ouvrages intéressants et à nous constituer une clientèle – ou plutôt, Thomas a pu nous trouver des clients qui nous faisaient confiance pour dénicher les livres qu'ils souhaitaient. Ou qui ne savaient pas encore ce qu'ils désiraient. Nous étions enthousiastes, nous nous rendions dans les ventes, nous rentrions encombrés par nos achats. C'était notre projet commun. Si les choses marchaient, c'était grâce à notre collaboration. Nous étions une firme, nous étions amants et voyageurs, acheteurs et vendeurs, nous faisions des trouvailles, nous nous trompions aussi, et il nous arrivait de mettre un temps infini à vendre certains livres. Mais ce n'était pas grave, car nous partagions tout, nos succès comme nos erreurs. Que ce soit lui ou moi le responsable, quelle importance ?

À la gare, nous avions découvert ce café où je suis maintenant assise devant mes papiers. Nous nous étions installés sur une banquette avec nos tasses et nos sandwichs. Ou nos gâteaux : je ne sais plus. Autour de nous s'entassaient nos bagages. Bien avant l'arrivée de notre train, nous nous étions levés pour descendre sur les quais, situés au niveau inférieur et visibles à travers une grande baie vitrée. Pendant que nous traînions nos sacs et nos valises, la neige s'est mise à tomber sur les rails et sur les quais.

Elle tombait dru, en larges flocons qui semblaient hésiter à se poser. Notre train n'était pas encore arrivé, et nous nous sommes arrêtés devant la baie vitrée pour les voir se répandre sur la voie ferrée. Plusieurs voyageurs sont venus nous rejoindre ; ensemble, nous regardions la blancheur recouvrir les quais et les verrières, ainsi que les rues et les bâtiments que nous devinions à peine, tant l'air était saturé de neige suspendue. Nous étions enfermés dans un bocal en verre. Non pas dans une de ces boules qu'on achète dans les boutiques de souvenirs, et qu'il faut agiter pour voir des flocons retomber sur une ville ou un monument. C'était l'inverse : nous étions immobiles, c'était le monde extérieur qui bougeait, et la neige se déversait sur ce qui n'était plus une banale gare de chemin de fer, mais une citadelle de féerie.

Quand nous sommes descendus sur les quais, l'averse était terminée, mais tout était recouvert d'un tapis blanc. Et notre train à moitié vide a filé à travers cette blancheur qui a disparu à son tour, parce que la neige avait fondu, ou parce que nous arrivions dans des lieux où elle n'était pas tombée. Mais nous ne nous intéressions plus au paysage ; nous avions sorti quelques-uns de nos achats pour les examiner. Je me rappelle avoir feuilleté une petite brochure, *De analysi aquarum frigidarum*, et je garde aussi le souvenir d'un exemplaire du *Traité des affinités chymiques*, traduit du latin en français. Les deux étaient pourtant d'un auteur suédois, Bergman ou Bergson, me semble-t-il. Si ces livres sont restés gravés dans ma mémoire, c'est sans doute parce qu'ils font partie de nos erreurs : ils étaient quasiment invendables. Nous avons fini par vendre le premier au bout de quelques années, mais le second n'a jamais trouvé acquéreur, car je n'avais pas remarqué qu'il manquait deux planches à la fin de l'ouvrage. Nous l'avons offert à Lisa quand elle a commencé ses études de chimie. J'ai oublié les titres des autres livres que nous avions achetés, mais je continue à les voir entourés de tourbillons de neige.

C'est sûrement pour cela que je me suis arrêtée ici. J'ai dû penser à l'hiver, mais aujourd'hui il n'y a pas de neige et l'atmosphère n'a rien d'hivernal. Sauf si on considère les bougies sur les tables comme des sentinelles du froid. L'air est celui de novembre ; il y a du novembre dans le fauteuil moelleux où je me suis réfugiée avec mes feuillets blancs pour écrire sur la neige. Car je n'ai pas encore étrenné mon cahier vert. J'écris sur une petite liasse de papier non réglé en me servant de ma chemise cartonnée comme support. Le cahier aurait pourtant été plus maniable dans les cafés et les trains, mais je continue à tracer des mots en me disant que ces feuillets pourraient bien refermer mon dernier espoir de voir le temps retrouver son cours normal. L'espoir de ne pas avoir à remplir le suivant, puisque je n'aurais plus d'autres dix-huit novembre à raconter.

Bien entendu, je ne crois plus que tout puisse revenir à la normale, mais je veux laisser cette possibilité ouverte. En écrivant un premier mot dans le cahier, je permettrai à ma journée de novembre de se perpétuer, ligne après ligne, page après page. Cela fera beaucoup de pages, beaucoup de lignes ; je me refuse à voir aussi loin. Je veux quitter novembre, retrouver un monde où les saisons existent. J'ai envie de neige, de givre sur l'herbe, de brèves périodes de gel intense. Pas forcément d'hivers très rudes ni d'énormes congères ; simplement d'un temps tel que je l'ai connu : des jours de frimas, des jardins noyés sous la brume de froid, des nuits étoilées et des chutes de neige sporadiques. J'ai envie de tempêtes de janvier. J'ai envie de flaques d'eau recouvertes d'une fine pellicule de glace qui se brise quand on marche dessus. J'ai envie de vent. D'un vent d'hiver. *Frosty wind.* Et de neige, quand elle tombe sur le jardin du vieux Selter. Assez de neige pour voir les poireaux émerger d'une couche de blanc, pour voir les feuilles de blettes se ramollir et se froisser. Les légumes ne reprendront leur croissance que lorsque le gel aura disparu. Et que le printemps sera venu. J'ai envie de brises printanières, de vents plus doux. J'ai envie de mars et d'avril, de soleil oblique. J'ai envie de mai, de chaleur. J'ai envie de juin et de juillet. Et d'août, mais uniquement s'il arrive après l'hiver et le printemps. J'ai envie d'été, de plage. J'ai envie de journées caniculaires et de soirées tièdes.

De soirées où l'on peut rester dehors jusqu'à minuit et écouter les bruits nocturnes. J'ai envie d'arrière-saisons et de débuts d'automne, j'ai envie de septembre avec ses brumes matinales, d'octobre avec ses ciels dégagés. J'ai envie de feuilles qui tombent parce que du temps a passé. J'ai envie de saisons qui se succèdent, de saisons redevenues fiables. Je voudrais qu'elles apparaissent lentement et dans le bon ordre.

Pourquoi n'ai-je pas regardé les prévisions météorologiques avant de descendre à Odense ? J'aurais dû comprendre qu'un voyage de quelques heures ne me conduirait pas jusqu'à l'hiver. Maintenant je suis assise sur ma banquette en rêvant de froid. Ce n'est pas ici que je le trouverai, je dois poursuivre ma route. Ici il n'y a que les bruits habituels d'une gare : les annonces des haut-parleurs, le glougloutement des machines à café, le tintement des tasses, le sifflement des trains. J'observe les voyageurs, ils portent des manteaux trop légers pour l'hiver, des foulards dénoués, de petits sacs à dos, des fourre-tout en bandoulière. Autour de moi, tout dit novembre, mais dans un instant je sortirai pour monter dans un train qui me mènera dans le Nord. J'ai pris un billet pour Copenhague, où j'ai une correspondance pour Malmö. Une fois en Suède, je me dirigerai vers l'hiver. Vers quelque chose qui ressemblera à décembre, quelque chose qui me montrera le chemin de janvier. Et de février. Du moins je l'espère.

407

C'est en me dirigeant vers le train que cela s'est passé ; je n'étais même pas arrivée sur le quai. Je venais à peine de me lever de la banquette quand j'ai fait un faux pas. J'avais pourtant fait attention à la différence de niveau entre le café et le hall, mais j'ai mis mon sac sur mon épaule au moment précis de descendre la marche. Ou plutôt au moment où j'ai cru la descendre, car j'ai perdu l'équilibre, ma jambe s'est dérobée sous moi et je me suis écroulée sur les dalles en pierre. Quand j'ai réussi à me redresser, ma cheville me faisait si mal que je n'ai pas pu poser le pied. Des passants m'ont aidée à m'asseoir à une table haute. En m'y agrippant, je leur ai dit de ne pas s'inquiéter ; il n'y avait rien de grave.

Quand j'ai pu récupérer mes esprits, je suis parvenue à m'approcher des escalators. Heureusement, j'étais très en avance, et j'ai vu à travers la baie vitrée que mon train n'était pas encore à quai. Il devait partir de la voie 4. J'ai pris l'escalator et me suis engagée sur le quai au moment précis où il entrait en gare.

Il restait encore un peu de temps avant le départ, et j'ai clopiné le long du quai à la recherche de ma voiture. Quand je l'ai enfin trouvée, j'ai pu me hisser à bord et m'installer à ma place avant que le train ne démarre. Comme le siège à côté du mien était libre, j'y ai posé mon pied blessé après avoir enlevé ma botte, et je me suis adossée à la fenêtre.

À l'approche de Copenhague, mon pied avait tellement enflé que j'ai dû renoncer à remettre ma botte, et il me faisait si mal que j'ai abandonné toute idée de continuer jusqu'en Suède. J'ai pris l'escalator jusqu'à la salle des pas perdus. Au guichet d'information on m'a indiqué une pharmacie où trouver des bandages et des comprimés contre la douleur. On m'a aussi recommandé un hôtel où passer la nuit.

Fort heureusement, la pharmacie n'était pas loin. J'y ai acheté une boîte d'analgésiques et un bandage élastique, mais on m'a conseillé d'aller voir un médecin, car mon pied avait pris de telles proportions qu'il pouvait s'agir d'autre chose que d'une simple entorse. Je m'étais peut-être cassé la cheville ou déchiré un ligament, m'a dit la préparatrice quand j'ai essayé de payer mes achats tout en gardant ma botte à la main. De toute manière, j'avais intérêt à bouger le moins possible et à poser le pied en hauteur. Sur des coussins, par exemple. La préparatrice m'a donné le numéro de téléphone d'un médecin et l'adresse de l'hôpital le plus proche.

Je me suis assise pour panser ma cheville, puis je suis sortie à la recherche de l'hôtel qu'on m'avait indiqué. Il n'était qu'à quelques minutes de la pharmacie. Après avoir traversé une large avenue, j'ai pénétré dans le vestibule et me suis dirigée vers la réception, ma botte à la main. Grâce au bandage autour de ma cheville, le spectacle devait paraître un peu moins absurde. Par chance, il y avait des chambres disponibles. Encore une fois j'ai raconté mon histoire d'allergie aux produits d'entretien, et on m'a donné une chambre restée inoccupée depuis plusieurs jours à cause d'un dégât des eaux. J'ai avalé deux comprimés contre la douleur, puis je me suis allongée sur le dos, le pied sur un oreiller. Et j'ai contemplé les auréoles du plafond.

Je n'ai pas beaucoup dormi et ne suis pas descendue prendre mon petit déjeuner. La douleur s'était un peu estompée dans la soirée, mais elle est revenue pendant la nuit. Malgré les médicaments, je ne vois pas d'autre solution que les urgences. L'hiver n'est pas arrivé et je ne suis pas partie vers le nord. Ou plutôt, je ne suis pas partie assez loin. J'ai de nouveau avalé deux comprimés et j'attends maintenant qu'ils agissent. J'ai dormi dans ma robe en laine, mais cela n'a pas fait venir le froid. Ici, il fait chaud. Dans quelques instants, j'enlèverai ma robe neuve et enfilerai ma vieille robe noire. Puis je me rendrai aux urgences.

* * *

Il y avait de l'attente, mais moins que ce qu'on m'avait laissé entendre à l'hôtel. Maintenant je suis de retour dans ma chambre avec un nouveau bandage et toutes sortes d'informations utiles.

J'ai pris un taxi jusqu'à l'hôpital. Au bout de deux heures j'ai été reçue par un médecin, qui m'a brièvement examinée et m'a fait patienter dans un couloir. Il ne croyait pas à une fracture, mais il a jugé plus prudent de me faire passer une radio.

Dans le long couloir, une femme de mon âge était assise à côté de moi. Elle était venue avec son fils, qui venait de se blesser. Le vélo-cargo de la femme s'était renversé à un feu rouge, le garçon était tombé et sa main était restée coincée sous la caisse du vélo. Il avait crié comme elle ne l'avait jamais entendu le faire pendant ses cinq années d'existence. D'habitude, il ne pleurait pas beaucoup, mais là, il avait hurlé de douleur. Craignant qu'il ne se soit cassé le poignet, elle avait foncé aux urgences, et elle attendait maintenant qu'on lui fasse passer une radio. Il avait cessé de pleurer, mais sa main était très enflée. Ainsi, nous nous sommes retrouvées en train de partager nos malheurs. Le garçon parlait anglais, car il avait fréquenté un jardin d'enfants international quand sa mère était en poste aux Pays-Bas. Il s'est montré très intéressé par ma mésaventure. Est-ce que j'avais pleuré en me blessant ? Pourquoi est-ce que je n'étais pas allée tout de suite aux urgences ? Est-ce que j'avais vraiment posé mon pied sur le siège du train ? Je lui ai expliqué que j'avais d'abord enlevé ma botte, et sa mère a hoché la tête d'un air approbateur. Elle était météorologue. Quand l'accident était arrivé, elle s'apprêtait à déposer son fils au jardin d'enfants avant d'aller travailler.

Nous avons parlé de la météo et de mon désir de jours plus froids. Je me suis surprise à lui raconter que je travaillais pour un producteur de cinéma, et que je cherchais des lieux de tournage pour un film que nous avions prévu de réaliser en novembre prochain. Le film comportait des scènes se déroulant aux différentes saisons ; celles d'automne seraient tournées en Flandres, et je voyageais maintenant vers le nord pour trouver un endroit où tourner celles d'hiver. Il me fallait une localité où on avait une chance raisonnable de rencontrer de la neige en novembre.

À ma grande surprise, elle a cru à mon histoire. Pour nous occuper, elle a allumé son ordinateur et commencé à chercher des régions enneigées. Elle a découvert quelques villages en Suède et en Norvège qui pouvaient faire l'affaire. Quand on a appelé son fils, elle m'a dit de l'attendre. Peu après, on m'a également appelée. On ne m'a pas découvert de fracture, mais j'avais une vilaine entorse. À part garder le pied au repos, il n'y avait pas grand-chose à faire, et je ne serais sans doute pas complètement rétablie avant trois ou quatre semaines. On m'a mis un nouveau bandage et une orthèse plantaire pour me permettre de me déplacer à l'extérieur. Évidemment, je ne pouvais pas porter de chaussure dans l'immédiat.

Le fils de la météorologue non plus n'avait rien de cassé. Sa mère avait déjà prévenu son employeur qu'elle ne viendrait pas travailler, et elle m'a proposé d'aller dans un café pour parler de mon histoire de saisons. Elle avait promis une glace à son fils. Pour ça, on trouverait bien une solution, ai-je dit. Et je les ai invités à déjeuner.

Quelques minutes plus tard, nous étions attablés devant des cafés et des sandwichs. Ainsi qu'une glace pour le garçon. Après avoir fini de manger – la météorologue a avalé la moitié du sandwich de son fils –, nous nous sommes plongées dans les statistiques d'enneigement des pays scandinaves au mois de novembre. Elle m'a indiqué plusieurs sites où continuer mes recherches. Est-ce que j'avais une clé USB ? Dans ce cas, elle pourrait y enregistrer tout ce qu'elle avait trouvé. Je me suis proposé d'aller en acheter une. Si elle n'y voyait pas d'inconvénient, j'emmènerais son fils. Tout à l'heure, nous étions passés devant un magasin de jouets, et j'avais envie d'offrir un cadeau au garçon.

Celui-ci était ravi à l'idée d'y faire un tour. En me donnant sa main valide, il a annoncé à sa mère qu'il m'accompagnerait. Elle a un peu hésité avant de donner son autorisation, puis son fils et moi avons quitté le café, tels deux éclopés.

En marchant, nous avons évoqué les jardins d'enfants. Dans son anglais maladroit, il m'a expliqué la différence entre celui qu'il avait fréquenté aux Pays-Bas et celui où il allait maintenant au Danemark. Je lui ai décrit le mien, en Belgique, et de fil en aiguille nous nous sommes retrouvés à comparer les mérites des jardins d'enfants et des aires de jeux. Pourquoi parlait-on de jardin d'enfants pour désigner ce qui, somme toute, n'était qu'une école maternelle ?

Dans le magasin de jouets, le garçon a choisi un arrosoir rouge à gros pois blancs plutôt qu'un des innombrables jeux de cubes ou une figurine en plastique. Son choix n'a pas manqué de me surprendre, mais j'ai complété son achat avec un plantoir et quatre sachets de graines de légumes. Le vendeur a mis le plantoir et les sachets dans un sac qu'il a tendu au garçon. Puis nous sommes passés au magasin d'électronique. Munie de ma clé USB, je me suis demandé si un ordinateur portable ne me serait pas utile. Mais il ne garderait certainement pas les informations, et j'ai renoncé à l'idée.

De retour dans le café, le garçon a timidement soulevé le sac de sa main blessée en brandissant l'arrosoir de l'autre. En quête d'approbation, il a jeté un coup d'œil sur sa mère, qui se réjouissait surtout de constater qu'il pouvait se servir de ses deux mains sans trop souffrir. À la vue de l'arrosoir, elle m'a expliqué en souriant qu'on était en train de créer un potager collectif dans la cour de son immeuble.

Je lui ai tendu la clé USB, et elle m'a parlé des courbes de température et des données qu'elle venait de découvrir. Elle avait trouvé plusieurs endroits où il y avait toujours eu de la neige en novembre depuis cinq ans. En règle générale, il fallait remonter assez loin vers le nord pour être sûr d'en rencontrer, mais en ce moment il y en avait même dans le sud de la Suède. Ce matin, il en était tombé à Lund, à l'intérieur des terres. Trois centimètres. Qui auraient fondu avant la fin de la journée, car la température était remontée. Et à Stockholm il avait plu la veille, mais le ciel s'était dégagé et il y avait eu des gelées nocturnes. Cela dit, en cette saison il ne fallait pas trop y compter. Pour connaître un vrai hiver, il fallait se rendre dans le Nord. D'un point de vue météorologique, cependant, je n'aurais pas trop de difficultés à trouver des localités qui pourraient nous servir.

Elle s'était également renseignée sur le climat printanier et estival. Elle m'a montré des statistiques concernant plusieurs régions, ainsi que des cartes météorologiques actualisées. Les possibilités étaient nombreuses. Pour les scènes de printemps, elle avait choisi des endroits où les pluies étaient relativement fréquentes. Ainsi, il ne ferait pas trop sec, mais elle ignorait si ce serait suffisant pour faire illusion. Bien entendu, on pouvait aussi se rendre dans l'hémisphère Sud. Le sud-ouest de l'Angleterre serait pourtant une solution plus simple. Elle avait passé des vacances en Cornouailles, où les fermiers défiaient la nature en faisant désormais agneler leurs brebis en automne. Avec tous ces agneaux qui s'ébattaient dans les champs, on pourrait vraiment se croire au printemps, m'a-t-elle affirmé.

Pour l'été, on n'avait que l'embarras du choix. Dans les pays méditerranéens elle avait découvert des localités où l'on pouvait jouir d'un climat qu'un Nordique trouverait estival : un soleil éclatant, de rares nuages et des températures autour de dix-neuf degrés. Plusieurs endroits dans le sud de l'Espagne pourraient parfaitement me convenir. En ce moment on y annonçait des nuits tièdes et des soirées sans vent. À son avis, j'y trouverais mon bonheur.

Elle ne pouvait pas me garantir qu'il ferait le même temps l'année prochaine, mais les statistiques nous donnaient quand même quelques indications en ce sens. Je l'ai vivement remerciée. Elle ne pouvait pas savoir à quel point tout cela me serait utile, ai-je dit. Puis je lui ai raconté le film. Le scénario couvrait une année entière, d'un automne à l'autre, et parlait d'un homme qui avait perdu sa femme. Se retrouvant tout seul, il continuait à cultiver autant de légumes qu'avant, et le film mettait en scène ses rencontres avec les gens à qui il tentait d'offrir le surplus de son potager. Nous avions besoin de montrer des jardins à toutes les époques de l'année, mais nous ne disposions que de quelques semaines pour tourner les extérieurs, si bien que nous devions nous déplacer en fonction des conditions climatiques. La météorologue m'a demandé s'il nous fallait aussi des légumes à tous les stades de croissance. De quelle manière résoudre ce problème ? Nous n'y avions pas encore réfléchi, lui ai-je répondu. Nous pourrions certainement apporter les légumes et les planter au moment du tournage. Comment ai-je pu raconter des choses pareilles ? Je n'avais pas l'habitude de mentir, et voilà que j'étais en train d'inventer un film qui n'existait pas.

Heureusement pour moi, la météorologue a coupé court à mes divagations en se lançant dans des considérations philosophiques sur nos étranges rapports aux saisons. Elle m'a parlé de saisons astronomiques et météorologiques, de la division de l'année calendaire en mois d'hiver et d'été, de notre étonnement lorsque les phénomènes météorologiques ne correspondaient pas au calendrier. Nous savions pourtant qu'il était vain de vouloir faire coïncider le temps avec la prévisibilité des planètes.

Par ailleurs, elle ne pensait pas qu'on puisse considérer les saisons comme des phénomènes météorologiques. Les températures et les précipitations en étaient. La chaleur, le froid, les orages et la sécheresse, également. Mais les saisons ? Elle les voyait plutôt comme des élaborations de notre psyché. Des condensés de souvenirs. Des stéréotypes. Des conglomérats de sensations et d'expériences vécues, peut-être. Sous prétexte qu'il faisait froid, les gens disaient que l'été tardait à venir, alors que nous étions déjà en juillet. Quand vous êtes météorologue, on exige de vous qu'il fasse tel temps à tel moment. Un véritable été. Un véritable hiver. Sinon, vous avez mal fait votre travail. Les saisons ne sont peut-être rien d'autre que des constructions mentales. Qui nous accompagnent depuis notre enfance, où il y avait toujours de la neige en hiver et du soleil en été. Ou alors, ce n'est même pas ça. Les saisons existent avant tout au cinéma et dans nos albums de photos. En particulier quand nous avons des enfants. La météorologue m'a avoué qu'elle faisait comme tout le monde, elle prenait davantage de photos quand le temps correspondait à ses attentes : de la neige en hiver, des plages ensoleillées en été, des feuilles jaunes et rouges en automne. Avec un gamin portant des bottes de caoutchouc. Et des sandales en été – même lorsqu'il faisait un temps à porter des bottes. Nous nous faisions une certaine idée des saisons, et nous prenions des photos quand la réalité s'y conformait. Comme si c'était un événement en soi. Quand un film se déroulait en hiver, il y avait toujours un peu de neige. Ou de givre, tout au moins. Même quand l'action se passait en Europe du Sud. Pour nous signifier que c'était l'hiver.

À moi aussi, il m'en fallait seulement un peu, ai-je dit. Quelques flocons. Juste assez pour montrer que nous n'étions plus en automne. Des parterres de fleurs fanées recouverts de blanc feraient l'affaire. Ou un arbre dénudé dont la silhouette se dessinerait sur un ciel nocturne. Une rangée de poireaux dans un sol gelé. Une serre au toit enneigé. Des flaques d'eau dont la fine pellicule de glace se briserait si on marchait dessus.

Tout cela avait l'air de l'amuser. Alors que nous évoquions les champs printaniers où apparaissaient les jeunes pousses, son fils a grimpé sur ses genoux et ouvert un des sachets de graines. En réalité, les semailles se faisaient en automne, m'a-t-elle fait remarquer. Et la verdure affleurait déjà. Or, dans notre esprit, la terre était encore nue à cette époque. Le vert appartenait au printemps.

Parmi les graines de son fils, il y en avait qu'on pouvait semer dès maintenant, lui ai-je appris. En faisant pousser des choux-fleurs dans des pots, on n'avait plus qu'à les planter en pleine terre au printemps. Avec un peu de chance, on pourrait les manger avant que les chenilles ne dévorent tout. Est-ce qu'elle avait un balcon ? Dans ce cas, elle pourrait y installer les pots quand les plantes auraient germé. Sinon, elle avait aussi la possibilité de les laisser dans la cour, en les paillant s'il faisait trop froid. Je me rendais compte que je lui transmettais les conseils de jardinage du grand-père de Thomas. Il avait toujours semé ses choux-fleurs en automne. La météorologue n'était pas convaincue. C'était pourtant tout à fait faisable, lui ai-je affirmé. Je me disais que le climat de Copenhague devait être à peu près le même que celui de Clairon à l'époque où le vieux Selter était jeune. Mais novembre, c'était peut-être un peu tard. *Semer des choux-fleurs en automne*, avait noté le grand-père de Thomas sur le tableau affiché dans la remise, et nous l'avions souvent vu inspecter ses pots au cours de l'hiver. Pourtant, nous n'avions pas encore tenté l'expérience. Il n'est pas évident de semer quand la nature se met au repos.

Après ces considérations sur les jardins, les jeunes pousses et les balcons – elle avait bien l'intention de se servir du sien pour la culture des choux-fleurs – la météorologue m'a tendu la clé USB. Puis elle s'est levée pour partir. Visiblement soulagée de constater que son fils n'était pas grièvement blessé, elle l'a aidé à passer sa main bandée dans la manche de son manteau, puis elle m'a souhaité un bon rétablissement. Je l'ai remerciée pour son aide et lui ai recommandé de rouler doucement. Une fois dans la rue, nous nous sommes dit au revoir. Ils n'allaient pas loin ; le café se trouvait à l'endroit même où avait eu lieu l'accident, et ils habitaient un peu plus bas, m'a-t-elle expliqué avant de m'indiquer l'arrêt du bus qui me ramènerait au centre-ville.

En attendant le bus, j'ai vaguement cru me trouver en hiver. L'air était humide, mais il ne pleuvait pas. Je grelottais sans ma robe en laine, d'autant que seuls un bandage et une orthèse recouvraient mon pied blessé. Pour un peu, je me serais crue en décembre, à Bruxelles ou à Clairon. La nuit commençait à tomber, et je me suis dit que mon amie météorologue m'avait peut-être montré le chemin de l'hiver.

De retour dans ma chambre, j'ai sorti la clé USB de mon sac. Je me méfie de l'influence du dix-huit novembre sur la technologie et j'ai peu d'espoir de récupérer le contenu de la clé demain matin. Heureusement, il y a un ordinateur dans le hall de l'hôtel. Dans quelques instants j'y descendrai avec mon cahier vert pour noter tout ce qui peut m'être utile – non pas pour le tournage d'un film, mais pour retrouver les saisons qui m'attendent quelque part.

408

Effectivement, quand je me suis levée ce matin, la clé était vide. J'avais passé l'essentiel de la soirée devant l'ordinateur de l'hôtel, à noter les informations de la météorologue dans mon cahier vert. À la réception, on m'avait imprimé des courbes de température et des schémas de précipitations que j'avais pliés pour les faire tenir dans le cahier. En remontant, j'avais tout glissé sous mon oreiller. Y compris la clé. À mon réveil elle était toujours là, mais son contenu était effacé. En revanche, j'ai retrouvé mes notes, ainsi que les courbes et les schémas.

Mon pied était toujours douloureux et un peu enflé, et j'ai pris mon petit déjeuner chaussée d'une seule botte. Après avoir mangé, je suis remontée dans ma chambre et j'ai enlevé le bandage. Clopin-clopant, je suis allée au magasin de chaussures le plus proche, et j'ai acheté des chaussettes épaisses et une paire de bottes un peu trop grandes. Elles ont à la fois des lacets et une fermeture éclair, et elles me vont parfaitement si je mets une grosse chaussette à un pied et renonce à remonter la fermeture Éclair de l'autre. Ainsi je suis parée pour l'hiver. Je marche lentement et en boitillant, mais sans avoir les pieds gelés et humides. Et demain je poursuivrai mon chemin vers le nord.

409

Ce matin, mon pied était un peu moins enflé, et je peux maintenant remonter la fermeture éclair de ma botte. Je marche toujours aussi lentement et ne serre pas trop les lacets, mais je me dirige vers l'hiver. Après avoir fait mes bagages et abandonné mes vieilles bottes dans ma chambre, je me suis rendue à la gare d'un pas prudent et j'ai pris un billet pour Lund.

J'ai déjà réservé une chambre d'hôtel. Peu après cinq heures, ce matin, j'ai demandé à la réceptionniste de nuit de m'en trouver une, en précisant que j'arriverais à sept heures. À sept heures et quelques, j'ai prié la réceptionniste du matin de prévenir l'hôtel que je ne serais là qu'en milieu de matinée. Ainsi j'ai trouvé une nouvelle méthode pour m'assurer que ma chambre sera inoccupée quand je me réveillerai le dix-huit novembre.

La météorologue m'avait parlé de neiges matinales, mais à mon arrivée il n'en restait pas grand-chose. Cela m'est égal, car l'air est frais. C'est un air hivernal, et la neige sera revenue demain matin. En arpentant les rues humides, j'ai aperçu des plaques de neige dans un jardin public. Je pense à décembre et à janvier. Si je compte les jours, j'arrive maintenant au 31 décembre.

Je suis assise dans une chambre avec vue sur des toits dégagés, mais j'attends les chutes de neige. J'attends l'hiver. Sans impatience, car je sais qu'il arrive. Dans mon cahier vert j'ai écrit *31 décembre*. C'est peut-être un mensonge – un mensonge blanc, un mensonge d'hiver. Mais cela, je ne l'écris qu'ici, sur une feuille volante. Dans quelques instants j'irai acheter du champagne. Je veux fêter mes petits mensonges blancs en imaginant une nouvelle année avec un hiver, un printemps et un été.

410

À mon réveil, il neigeait. Je m'en suis rendu compte dès que j'ai ouvert les yeux : une lumière presque bleutée pénétrait dans ma chambre, et les toits étaient couverts de blanc. Ma chambre se trouve au troisième étage d'un petit hôtel du centre-ville. De mon lit, je voyais la neige, car je n'avais pas fermé les rideaux. Je me suis levée pour aller chercher mon petit cahier vert, puis je suis retournée sous la couette et j'ai écrit *1er janvier.* J'ai écrit *neige* et *hiver.* J'ai écrit *Suède* et *Lund,* j'ai noté l'adresse de mon hôtel et le numéro de ma chambre. J'ai écrit que les toits étaient blancs, et plus tard, en revenant d'un tour en ville, j'ai écrit qu'il faisait froid et que les rues étaient pleines de neige fondue. J'ai écrit que je m'étais promenée dans mes bottes trop grandes après les avoir gardées dans mon lit pendant la nuit. Je n'ai pas précisé que je les avais enveloppées dans un sac, mais j'ai écrit qu'il y avait un magasin où l'on pouvait acheter des gants. Et un café qui servait du vin chaud.

J'ai trouvé mon chemin vers l'hiver. C'est une nouvelle vie. Une vie avec des saisons. Ce n'est pas une année plus vraie. Elle ne court pas sous mon dix-huit novembre, elle y est parallèle. Je sais bien qu'il s'agit d'une invention. D'une construction. D'un puzzle assemblé avec les pièces que je trouve. Mais ça, je ne l'écris pas dans mon cahier vert. Dans mon cahier, je raconte tout ce qui transforme mes journées en journées d'hiver, et il me reste assez de pages pour parler du printemps, de l'été et de l'automne. J'ai cessé de croire que je me réveillerai un jour dans un temps redevenu normal. Mais je crois aux saisons. Des saisons fragiles, faites maison. Quand je suis devant mon cahier vert, ce n'est plus le dix-huit novembre.

Ou plutôt, ce n'est plus seulement le dix-huit novembre. C'est aussi le Jour de l'an. Il y a peu, c'était Noël. Avec une volaille, des *roast potatoes* et une bûche. Et hier, c'était le soir du réveillon. Mettre la main sur une bouteille de champagne en novembre n'a pas été une mince affaire, mais j'y suis arrivée. Les magasins d'alimentation n'en vendent pas, mais dans mon cahier j'ai noté l'adresse d'un restaurant où on en trouve à emporter. Et j'ai écrit *nyårsafton*, car c'est ainsi qu'on dit *soir du réveillon* en suédois.

416

Petit à petit, je renoue avec l'année. Je découvre des endroits qui me rappellent janvier. Qui me rappellent les mois de janvier que j'ai connus. À Clairon, à Bruxelles, en Europe centrale. Je n'ai pas besoin de beaucoup de neige. D'un peu, seulement. Et j'en ai trouvé. Les magasins vendent des articles de janvier, je mange des plats de janvier. Je mange des soupes, je bois du thé à la pomme ou à la cannelle.

Je me dis que ma vie se passera ainsi, année après année. Que mon livre des saisons est mon manuel d'instruction, mon guide de voyage. Que je construis mon avenir. Pour avoir un avenir il me faut des années ; pour avoir des années il me faut des saisons. Sans saisons il n'y a pas de temps. Si je veux des saisons, je dois les construire moi-même. Si je veux un avenir, je dois le construire moi-même. J'assemble les pièces, les bouts de saisons, et je note tout dans mon manuel : les ingrédients des saisons.

Ce n'est pas comme un jardin. Je ne sème pas, je n'arrose pas, je ne récolte rien. Ce n'est pas comme une maison. Je n'abats pas d'arbres, je ne taille pas de pierres, je ne fais pas cuire de briques, je ne construis pas de murs, je ne pose pas de toiture. Je découvre des pièces toutes faites, des éléments pour construire des saisons, je rassemble des informations dans mon cahier vert, je pense à des outils, à des tournevis, à des clés Allen, à des écrous de toutes les tailles, je pense à des vis, à des clous, à la colle et au ciment. Je joins les pièces ; ainsi, je parviendrai peut-être à construire une année.

Si je réussis, j'aurai une machine à fabriquer des saisons. C'est cela que je construis. Je m'imagine circuler entre les saisons, y revenir, retrouver l'hiver ou le printemps quand j'en aurai envie. Je me dis que je créerai mes propres étés, que je découvrirai un gabarit, une structure dans laquelle je pourrai vivre. Je suis prise d'un enthousiasme étrange. Un plaisir m'attend : un printemps que je construirai moi-même. Mais d'abord il me faut un hiver. Je dois faire les choses dans le bon ordre. Et quand le printemps sera là, je me réjouirai à l'idée de l'été.

424

Je suis remontée vers le nord. Vers les frimas, vers février. J'accumule les informations dans mon livre des saisons. Je découvre de la neige ; pas beaucoup, mais il fait froid, et l'hiver n'est pas que de la neige. Stockholm en novembre, c'est hivernal. Il a plu pendant la nuit, ensuite il a gelé, et je me lèverai tôt pour aller me promener dans les parcs. Sur les sentiers il y aura des flaques d'eau, et sur les flaques d'eau il y aura une fine pellicule de glace. Je pourrai marcher dessus, et j'entendrai alors un léger craquement. Je pourrai flâner sur l'herbe, que le gel fera discrètement crépiter. Dans mes bottes trop grandes, je traverserai la pelouse à pas prudents.

Mon pied est toujours douloureux, mais il n'est plus enflé. J'enfile maintenant des chaussettes en laine aux deux pieds, car la laine rime avec l'hiver. Et l'hiver rime avec les grosses bottes. J'ai découvert un hiver qui rime avec mes bottes. Elles traversent le parc, elles marchent sur la pellicule de glace et je les suis comme je peux.

Quand je ne me promène pas dans le froid matinal avec mes bottes d'hiver, quand je ne marche pas sur la pellicule de glace, je vais dans des cinémas d'hiver ou je lis des livres d'hiver. J'ai découvert une bibliothèque de livres anglais, j'ai trouvé des libraires qui vendent des histoires d'hiver. Je vois des films d'hiver, je suis assise pendant deux heures dans une obscurité d'hiver avec mes bottes, puis je ressors et l'hiver est toujours là.

J'écris tout dans mon livre des saisons. Je note les titres des livres et des films. Je note le nom des hôtels, les numéros des chambres inoccupées. J'écris des mots dans la langue de l'hiver, j'envisage d'apprendre le suédois, je me dis que je pourrais retourner en Suède tous les ans, il me faut connaître la langue. J'ai découvert que la Voie lactée s'appelle la Rue hivernale. *Vintergatan.* Elle s'appelle comme ça toute l'année. Même en novembre. Mais je n'écris pas *novembre* dans mon cahier. Je l'écris sur des feuillets blancs que je rangerai tout à l'heure dans mon sac. Ils y rejoindront les autres feuillets de novembre, enfermés dans une chemise cartonnée noire. Et à l'extérieur de la chemise, c'est l'hiver.

427

Qu'est-ce qui me manque ? Faire un feu de cheminée dans le séjour. Alors je cherche du bois, je cherche un séjour avec une cheminée et je fais du feu.

Qu'est-ce qui me manque ? Un hiver avec une fine couche de neige dans un jardin où poussent des poireaux et des blettes. Alors je cherche un jardin. Je cherche une maison vide. Je cherche des couettes et des couvertures, et au petit matin je vois un jardin couvert d'une fine couche de neige.

Qu'est-ce qui me manque ? Le printemps me manque parfois, mais il n'est pas encore temps d'y songer. Je dois attendre. J'ai laissé mon manteau trop léger dans le banc-coffre d'une maison en bois où j'ai passé quelques jours, et je me suis acheté un manteau d'hiver bien chaud. Car j'ai retrouvé l'hiver. Un véritable hiver. Merci, météorologue.

446

Je n'ai pas mon content d'hiver. Un semblant d'hiver ne me suffit pas. Un peu de neige vite fondue, quelques flocons, ce n'est pas assez. Je cherche le noyau de l'hiver. Une quintessence d'hiver, un concentré d'hiver. Je voyage dans les montagnes, je monte plus haut, vers le nord, sur de petites routes où la neige semble avoir l'intention de rester. Je contemple le paysage, j'écris des noms dans mon livre des saisons. Lieu après lieu. Nom après nom. Les noms des rues, des restaurants. Je note l'adresse des maisons vides, je recopie les recettes des plats d'hiver.

451

Ce sont des journées d'hiver calmes. À mon réveil, tout est silencieux. J'ai retrouvé l'hiver, je suis en

Finlande et j'entre en hibernation. En remontant vers le nord je pensais au froid sibérien. Mais pourquoi serait-il sibérien ? Il est finlandais. Je cherche des dictionnaires, j'essaie d'apprendre une nouvelle langue d'hiver, il fait froid dans cette maison où personne n'habite, je me glisse sous les couettes et les couvertures et ne bouge plus. *Peitot ja viltit.* Couettes et couvertures. *Talvi ja lumi.* Hiver et neige.

J'imagine revenir ici pour hiberner, année après année. Chaque année j'apprendrai de nouveaux mots. Je découvrirai des mots pour dire oreillers et draps, lits et chaises, pour parler des ustensiles de cuisine : assiettes et couteaux, fourchettes et casseroles. J'augmenterai le vocabulaire de ma langue d'hiver. Je trouverai des mots pour décrire les maisons : toits et cheminées, portes et fenêtres. Je découvrirai des forêts, des routes et des villes, ma langue ne cessera d'évoluer dans le froid et la neige ; l'hiver, le printemps, l'été et l'automne se succéderont et je reviendrai apprendre de nouveaux mots. Il y a quelque chose qui grandit. Je commence à imaginer un avenir. Merci, langue d'hiver.

456

Je mange des nourritures d'hiver, j'achète des vêtements d'hiver. Je bouge d'un endroit à l'autre, lentement, mais pas trop, je ne reste pas longtemps dans chaque lieu car je verrais alors que ce n'est pas seulement ma langue qui évolue. Il y a aussi un monstre qui grandit. Ça, je ne l'écris pas dans mon livre des saisons. Je n'écris pas que je dévore le monde. Que je dois partir. Pour en laisser un peu. Que je suis un monstre en voyage, un monstre d'hiver.

J'ai vu une soupe d'hiver disparaître de la carte d'un restaurant, car j'en avais mangé plusieurs jours de suite. J'ai vu des rayons vides dans les supermarchés, car j'avais tout pris : les bocaux de harengs, les fromages et les paquets de pain suédois. Je cherche d'autres endroits, je change mes habitudes d'hiver, je mange du pain noir, car il y en a partout, je choisis d'autres fromages, je vais dans des magasins plus grands, où mon passage ne se remarquera pas. Je me fraie un chemin jusqu'à février, je remonte encore vers le nord, je prends des trains et des bus. Je me déplace lentement mais sûrement.

Les jours raccourcissent. Je me réveille, je traverse ma journée d'hiver et elle se termine avant même que je ne m'en aperçoive.

462

Peut-être ai-je pénétré trop avant dans l'hiver. Je suis en Norvège, dans une petite ville de montagne. À mon arrivée, j'ai constaté que l'unique hôtel était fermé, et je n'avais pas envie de chercher des maisons vides. Dans un café du centre-ville, j'ai pris un thé et une tarte aux brocolis. L'homme qui m'a servi – un monsieur à la barbe grise, portant un grand tablier – m'a appris qu'à une vingtaine de minutes il y avait une auberge où je pourrais passer la nuit. Il s'est renseigné pour savoir s'il y avait une chambre disponible, et il m'a aussi appelé un taxi. Le chauffeur – une femme très aimable – parlait l'anglais et un français presque courant, car elle avait passé un an à Toulouse quand elle était jeune.

À la sortie de la ville, les maisons se clairsemaient et nous nous sommes rapidement retrouvées sur une route de campagne traversant des paysages déserts. Nous avons parlé du temps. Des hivers de plus en plus doux, des tempêtes de plus en plus violentes. Dans le coin, le vent avait déraciné plusieurs arbres quelques semaines plus tôt, m'a appris le chauffeur. Elle me les a montrés du doigt ; ils gisaient à l'horizontale, les racines à l'air. Je lui ai raconté que nous avions également eu une tempête dans le nord de la France. Moins violente, mais accompagnée de grosses pluies qui nous avaient fait craindre des inondations. À Clairon-sous-Bois, où je vivais habituellement, les berges du fleuve étaient souvent immergées, lui ai-je précisé.

Des chutes de neige avaient succédé à la tempête, m'a dit le chauffeur. Heureusement, on avait eu le temps de dégager les arbres tombés sur la route pour permettre au chasse-neige de passer. À présent on circulait sans difficulté, malgré les congères. Nous longions une forêt où apparaissaient parfois des clairières rocheuses. De l'autre côté, un garde-fou courait le long d'une pente abrupte, mais la route était à peu près plane. Ce n'est que dans les virages que j'avais réellement la sensation de me trouver en montagne.

Nous avions fait à peu près la moitié du chemin et roulions à vive allure. Mon chauffeur m'a semblé bien connaître la route. Je crois qu'elle avait hâte de retourner en ville ; j'avais cru comprendre qu'elle avait dû faire attendre d'autres clients pour me conduire à l'auberge. Apparemment, elle était le seul taxi de l'endroit. À présent, elle fonçait. Assise sur la banquette arrière, mon sac à côté de moi, j'avais mis ma ceinture de sécurité. Pendant que nous parlions de la France et de la Belgique, alternant le français et l'anglais, je regardais à droite et à gauche avec inquiétude. Je n'ai jamais voulu apprendre à conduire et je n'aime pas la vitesse.

Il y avait peu de circulation, mais la route n'était pas déserte. Nous avions croisé des camions, des voitures particulières et même un semi-remorque transportant des grumes. Par endroits, il y avait des plaques de verglas, surtout de notre côté, mais rien n'a pu faire ralentir mon chauffeur. Pas même l'énorme camion bleu, suivi d'une longue file de voitures, que nous avons vu surgir quelques mètres devant nous.

Alors que nous longions une paroi rocheuse sur notre droite et que le camion s'approchait dangereusement, le taxi a soudain dérapé. Le chauffeur a écrasé le frein en poussant un cri, ou plutôt une sorte de grognement rauque et paniqué, qui semblait venir du ventre. La voiture s'est mise à zigzaguer en plein milieu de la route cabossée et verglacée, elle cahotait et tanguait, et nous foncions sur le camion bleu. Jamais je n'ai eu aussi peur.

Le chauffeur avait manifestement perdu le contrôle de la voiture, qui patinait sur la chaussée. Tel un mur, l'énorme masse bleue se dressait devant nous. Puis le camion nous a dépassées. Alors que les voitures particulières défilaient sur notre gauche, nous avons poursuivi notre chemin, légèrement ballottées, mais sans quitter la voie de droite. Cela n'avait duré que quelques secondes. Je suis pourtant persuadée d'avoir distinctement aperçu les visages des conducteurs venant en sens inverse, d'avoir vu leurs traits déformés par la peur. Mais tout cela n'est peut-être qu'une imagination.

Quand la file de voitures s'est éloignée, les plaques de verglas étaient derrière nous, et le chauffeur a récupéré le contrôle de la voiture. De nouveau, nous avancions tout droit, et personne ne venait en face.

C'était grâce aux freins, a dit le chauffeur quand nous avons bifurqué sur un chemin de terre s'enfonçant entre les sapins. Elle était hors d'haleine, et je n'ai pas su quoi lui répondre. Elle a insisté : les freins nous avaient sauvées.

Mon hiver aurait pu se terminer brutalement. Seules entre les arbres, nous nous taisions. Nous avions été sauvées par une invention, a répété le chauffeur quand elle a repris son souffle. Puis elle m'a parlé du système de freinage de son taxi. Ce n'était pas elle qui avait redressé la voiture ; c'était le système de freinage qui nous avait empêchées de quitter la route. Les freins n'avaient pas bloqué les roues ; dans ce cas, nous nous serions encastrées dans le camion. Ou dans une des voitures particulières. Ou nous nous serions écrasées contre la paroi rocheuse. Ou nous serions tombées dans le ravin. Le système de freinage avait repris le contrôle de la voiture ; c'était pour ça que nous étions restées sur la voie de droite, a-t-elle expliqué. Je pense qu'elle s'est lancée dans toutes ces considérations techniques par réaction psychologique. Pour éviter d'évoquer sa frayeur.

D'ailleurs, a-t-elle dit en descendant pour inspecter la voiture, c'était un accident en Suède qui avait amené un ingénieur allemand à inventer notre système de freinage. En dérapant sur une route forestière verglacée, il avait tenté de freiner. S'il avait eu un camion en face de lui, il n'aurait rien pu inventer du tout, mais là, il s'est simplement mis à zigzaguer avant de finir dans le fossé. Le chauffeur m'a longuement parlé de la technique sur laquelle était basé ce fameux système, et de la façon dont celui-ci avait évolué depuis qu'elle était chauffeur de taxi. Elle a dû s'apercevoir que j'écoutais à peine ce qu'elle racontait. Non pas que j'y fusse indifférente, mais j'étais incapable de penser à autre chose qu'à l'énorme camion bleu que nous avions évité de justesse grâce à cet ingénieur.

Au bout d'un moment, elle s'est sentie prête à reprendre le volant. Des situations où le système de freinage l'avait empêchée de quitter la route, elle en avait déjà connu. Mais pas avec un camion et une longue file de voitures arrivant en face. De toute manière, l'auberge n'était maintenant qu'à quelques kilomètres. Une de ses cousines y travaillait, m'a-t-elle appris. Susanne. Elles avaient grandi dans la région toutes les deux. Un peu plus au nord. Susanne avait également séjourné en France. À Toulouse. Elles y étaient allées ensemble. Au fait, elle-même s'appelait Jeannette. Je lui ai dit que mon nom était Tara. Cela ne sonnait pas spécialement français, a-t-elle relevé. Ni belge. Je lui ai raconté que ma mère était anglaise. D'ailleurs, je n'ai pas trouvé son nom typiquement norvégien. Mais ça, je ne le lui ai pas dit.

Jusqu'à l'auberge nous n'avons pas croisé grand monde. J'étais soulagée en descendant devant la maison rouge en bois. J'avais encore les jambes flageolantes, et j'ai remarqué que mon chauffeur marchait avec précaution quand elle m'a accompagnée à l'intérieur pour dire bonjour à sa cousine.

Je me suis assurée que personne n'avait dormi dans ma chambre depuis quelque temps. Maintenant je suis assise devant le bureau. La fenêtre donne sur une forêt de sapins, dont certains gisent au sol depuis la tempête. J'écris sur mes feuilles volantes. Pas dans mon cahier. Je ne reviendrai sans doute jamais ici. J'avais un désir d'hiver, et j'ai eu ce que je voulais. J'ai eu de la neige. Pas seulement quelques flocons ;

il y en a partout. Il y en a sur les sentiers derrière l'auberge, dans les montagnes qui s'étendent sur des kilomètres à la ronde. Mais je n'irai pas jusque-là. Peut-être suis-je déjà allée trop loin.

470

Je veux mettre le cap sur le printemps. C'est une manœuvre délicate, un peu comme lorsqu'on fait virer de bord un navire. Un gros paquebot. Ma machine à fabriquer des saisons s'est emparée de moi, elle m'a conduite vers l'hiver, elle ne cesse de produire de la neige. J'essaie de freiner, mais ce n'est pas facile.

Normalement, le printemps arrive tout seul. On a froid, on voudrait y être et soudain il est là. Une douceur dans l'air, des matins plus clairs. Maintenant, c'est quelque chose que je dois construire. Mais j'ai l'impression que l'hiver m'a congelée. Et me voilà dans cette auberge enneigée, incapable d'avancer. L'hiver me retient dans son paysage silencieux.

Dans la nuit, vers trois heures du matin, la neige commence à tomber. Parfois un peu plus tôt, parfois un peu plus tard. Il y a un réveil sur ma table de chevet. Un vieux radio-réveil. La radio ne marche plus, mais le réveil, si. Les chiffres sont lumineux. Il y a longtemps que j'ai perdu mon téléphone, et je me suis habituée à vivre sans montre. Maintenant j'ouvre les yeux devant des chiffres lumineux, dans un monde sans bruits. Il n'y a pas de vent ; c'est sans doute le silence qui me tire de mon sommeil. L'absence de bruits. C'est sûrement parce qu'il neige, mais je ne comprends pas : comment la neige peut-elle étouffer les bruits, alors que tout est déjà silencieux ? La neige est peut-être une sorte d'antibruit, elle pose une couche supplémentaire de silence sur le monde, le volume sonore devient négatif. Allongée dans mon lit, j'écoute quelque chose qui semble être en dessous du rien. Mes propres bruits ont également disparu. Mais ils reviennent, car je suis bien obligée de respirer. Finalement, j'entends aussi un léger souffle de vent dans les arbres. Et des gens dans le couloir. Des bruits discrets.

Tous les matins, après mon petit déjeuner, je m'assieds dans le hall. Je raconte à la réceptionniste que je suis arrivée tard dans la soirée, quand elle était déjà partie. Je lis un peu avant d'aller me promener. Dans la blancheur. Dans la neige trop abondante. Je marche dans la forêt, je monte sur les hauteurs, je pense aux sentiers de la forêt près de Clairon, au paysage plat qui entoure le fleuve, aux couleurs de l'automne. Ici les sentiers sont pentus, ils montent et descendent, je grimpe, je reviens sur mes pas et je rentre à l'auberge. Tous les matins je fais pareil. Comme si je m'exerçais à tourner en rond.

Aujourd'hui j'ai découvert une église au milieu de la blancheur. Je m'étais perdue, mais l'église était en hauteur et je voyais la vallée. Au loin, j'ai aperçu un bâtiment qui ressemblait à mon auberge.

Rassurée d'avoir retrouvé mes repères, je me suis promenée dans le cimetière. J'ai voulu entrer dans l'église, mais la porte était fermée à clé et j'ai dû me contenter de déambuler entre les tombes. Il n'y avait aucune trace de pas dans les allées ; personne en dehors de moi n'avait foulé la neige fraîchement tombée. Aux alentours, on distinguait quelques maisons, mais pas un seul être humain. Pas un seul être vivant, du moins, car je n'ai pu m'empêcher de penser aux morts gisant sous les pierres tombales. Cela m'a apaisée. Je n'étais pas seule. J'étais entourée d'êtres humains. Ils étaient là dans leurs cercueils ou dans leurs urnes, nos corps étaient dans des états différents, certains étaient réduits en cendres, d'autres n'étaient plus que des ossements, d'autres encore avaient conservé leur chair et leur peau, voire leurs habits. Nous étions de la même espèce. Ils portaient des noms. Des noms que je lisais sur leurs tombes. Parmi les pierres, plusieurs étaient finement sculptées, leur surface polie s'ornait de petits dessins et elles étaient surmontées de stèles recouvertes de neige. D'autres étaient plus simples, et on voyait aussi des pierres grossièrement taillées, à mi-chemin entre le rocher et la sépulture. Mais sur toutes figuraient des noms. Et aussi des dates. De naissance et de mort.

Les dates de mort m'ont ramenée à ma solitude. J'avais une date de naissance. J'avais un nom. Tara Selter ; c'était ainsi que je m'appelais. Par contre, je n'avais pas de date de mort. Pas encore. Ma date de mort aurait pu être le dix-huit novembre, il s'en était fallu de peu. Je mourrais peut-être vraiment un dix-huit novembre, mais j'étais en vie ; un système de freinage m'avait sauvée, je n'avais fait qu'un brusque arrêt. J'aurais pu entraîner mon chauffeur dans la mort. Et aussi la longue file d'automobilistes paniqués. Nous aurions tous pu y rester. Simplement parce que j'avais eu un désir d'hiver. Je m'étais imposée dans leur dix-huit novembre. Je dois faire attention. Je le sais : je laisse des traces. Je dévore le monde. Je me brûle, je me tords la cheville. Et je mets d'autres personnes en péril. Je les oblige à quitter leur dix-huit novembre. À rompre leur schéma de comportement. Je pourrais les tuer. Le monde ne se régénère pas : je le sais. Si je les détourne de leur chemin, les gens ne se réveilleront pas le lendemain comme si de rien n'était : je le sais. Je suis un danger pour mon entourage. J'entraîne les gens sur des routes enneigées.

Mais là, dans le cimetière, ce n'était pas le cas. Je foulais une neige fraîchement tombée, je ne croisais personne, je ne causais aucun dégât. Ou presque. Je laissais des traces de pas que la neige effacerait quand elle se remettrait à tomber pendant la nuit.

472

Tous les soirs je me couche de bonne heure. Je m'endors rapidement et je me réveille pendant la nuit. Si la neige n'a pas encore commencé à tomber, j'attends. Il y a quelques bruits discrets, un souffle de vent dans les arbres, une voiture au loin. Et soudain, tout devient silencieux. Je sais ce qui est en train de se passer. C'est le dix-huit novembre qui revient, les bruits se taisent et la neige se met à tomber.

Je me sens chez moi dans toute cette blancheur. Mais j'ai envie de chaleur. J'ai envie de neiges qui fondent. J'ai envie de faire demi-tour, de me diriger vers le printemps.

473

Tous les jours en début d'après-midi, quand je suis déjà revenue de ma promenade, un camion arrive dans la cour de l'auberge. Il est bleu ; ce doit être celui qui a failli nous tuer. Je n'en suis pas absolument sûre ; il appartient à un transporteur local qui en possède plusieurs. C'en est peut-être un autre, mais je ne le crois pas. Le chauffeur livre des marchandises pour la cuisine ; il dépose une palette de cartons devant l'entrée de service. Étant donné l'heure à laquelle il repart, il pourrait bien s'agir de celui que nous avons croisé. Je n'ai pas vu le visage du chauffeur, seulement l'énorme masse bleue se dirigeant droit sur nous.

En général, je passe l'après-midi dans le hall. Je lis, ou je réfléchis à un moyen de poursuivre mon chemin. Je suis tombée en panne. Un brusque coup de frein, et voilà que je suis incapable de repartir par mes propres moyens. Il me faut une force motrice, un véhicule qui me fera quitter l'hiver. Qui m'aidera à rebrousser chemin. Je regarde le camion bleu, les traces de pneus qu'il laisse dans la cour. Demain, je demanderai peut-être au chauffeur s'il peut m'emmener.

475

Avant de m'installer dans le hall pour lire, j'ai fait mes bagages. Quand le chauffeur du camion est entré, je lui ai demandé s'il partait vers le sud. Est-ce qu'il passerait devant une gare ? Est-ce qu'il pourrait m'emmener ? Pas de problème, m'a-t-il répondu. Je m'étais dit qu'il pourrait me déposer à la gare la plus proche, mais il allait plus loin, sa route croiserait la ligne de chemin de fer d'Oslo à Bergen. De là-bas il me serait facile de continuer mon voyage.

Pendant qu'il déchargeait, je suis allée chercher mon sac de voyage et j'ai réglé la note. J'ai rangé mon livre sur les rayonnages du hall, qui contenaient déjà des ouvrages abandonnés par d'autres clients. C'était un livre que j'avais pris dans la bibliothèque de mes parents. Dans mon sac j'en ai trouvé d'autres, que j'avais terminés depuis longtemps et que j'ai également laissés à l'auberge. Puis je suis montée dans la cabine du camion. Quelques minutes plus tard, après avoir vérifié que les portières étaient correctement fermées, le chauffeur a manœuvré pour regagner la route et nous nous sommes dirigés vers le sud.

Je me sentais en sécurité dans son camion. De la cabine, je pouvais contempler le paysage. J'avais une vue plongeante sur la route et sur les voitures : des familles, des couples et des hommes solitaires coincés dans leurs petits habitacles. Je ne sais pas d'où venait ce sentiment de ne courir aucun danger : nous aurions pu quitter la route et tomber dans le ravin, le camion aurait pu se renverser. Mais rien de tel ne nous est arrivé.

De mon poste d'observation, je voyais les arbres, qui m'ont semblé bien fragiles au milieu de leurs congénères renversés par le vent. De frêles végétaux qui gisaient çà et là, dispersés par la tempête. Le chauffeur m'a raconté ce qui s'était passé : une tempête d'automne, a-t-il dit. Or, ce devait être une tempête de fin d'hiver, car j'étais en route vers le printemps. J'avais commencé à rassembler les pièces de mon année. Je pense au mois de mars, j'ai écrit *tempête de mars* dans mon cahier vert. Je guette les signes de redoux. D'ailleurs, la neige était déjà moins abondante à la sortie des montagnes.

J'ai parlé au chauffeur de ce qui nous était arrivé dans le taxi, mais sans lui préciser que nous avions certainement failli nous faire écraser par son camion : ni Jeannette ni lui n'auraient eu le moindre souvenir de l'épisode. Il m'a appris de nouveaux détails sur le système de freinage, et je lui ai assuré que je me sentais parfaitement sereine dans sa cabine surplombant la route. Je n'aimais pas les voitures particulières, lui ai-je expliqué : de petites boîtes métalliques vous promettant une sécurité illusoire.

Après quelques heures de route nous nous sommes arrêtés, et le chauffeur a insisté pour partager son casse-croûte avec moi : du pain de seigle, des harengs marinés et de la viande froide accompagnée de betteraves cuites. Je lui ai dit que j'adorais les harengs. Et le pain de seigle. J'ai aussi beaucoup aimé le roulé d'agneau aux betteraves, que je goûtais pour la première fois. Tout était fait maison, a-t-il précisé. Par sa femme. Elle lui préparait toujours des casse-croûte copieux. Il s'absentait parfois plusieurs jours, et il lui arrivait même de partir à l'étranger. Pas souvent, mais sa femme s'organisait alors pour lui faire à manger jusqu'à son retour. Ainsi, il avait presque l'impression de prendre ses repas en famille.

À l'approche de la ville où je devais attraper mon train, il a proposé de me conduire jusqu'à la gare. J'ai refusé, car je ne voulais pas le retarder. Je suis donc descendue en le remerciant chaleureusement, puis j'ai marché jusqu'au centre-ville en regardant son camion s'éloigner.

Comme le dernier train était déjà parti, je suis descendue à l'hôtel le plus proche, et ce matin je reprends mon voyage. J'ai noté l'adresse de l'hôtel dans mon livre des saisons, j'ai décrit les signes annonciateurs du printemps et j'ai recopié les horaires des trains pour Bergen.

J'ai le sentiment d'avancer. Je suis persuadée que le printemps arrive. Au petit déjeuner, j'ai mangé des œufs brouillés à la ciboulette – en norvégien, on dit *grasløk* – et je leur ai trouvé un goût printanier. Mais je ne veux pas brusquer les choses. Je n'irai pas à l'aéroport pour essayer de grappiller quelques jours : qui veut connaître un véritable printemps doit savoir attendre. La neige a presque disparu et je m'arme de patience. Assise dans ma chambre d'hôtel, j'attends qu'il soit l'heure de me rendre à la gare. J'attends le redoux. Des températures plus clémentes.

476

J'ai pris le train du matin pour Bergen, et j'ai compris que je n'en avais pas fini avec l'hiver. Je n'ai pas tardé à découvrir un paysage blanc ponctué de quelques taches de gris, car nous traversions des montagnes. À l'approche de Bergen, nous avions deux heures de retard, mais la pluie avait remplacé la neige.

Je partageais mon compartiment avec deux étudiants étrangers. Ils avaient rendez-vous avec leur futur logeur, qui leur proposait une chambre en centre-ville. Ou deux chambres, ai-je découvert par la suite. À présent, l'heure du rendez-vous était largement dépassée. L'un des étudiants parlait un peu le norvégien ; il discutait au téléphone avec le logeur et traduisait la conversation pour son camarade. D'après ce que j'ai compris, ils ont convenu de visiter la chambre le lendemain. Le logeur serait là à dix heures, mais s'ils arrivaient plus tôt ils pourraient monter par l'escalier de secours. En général, la porte du palier n'était pas fermée. La chambre était inoccupée, et ils trouveraient la clé sur le haut du chambranle. L'étudiant a épelé l'adresse, et son camarade l'a notée. Je l'ai imité, car je me suis dit que je pourrais y passer la nuit, puisque les deux garçons ne s'y installeraient qu'à partir du dix-neuf.

À la gare de Bergen, un plan de la ville était affiché. Je n'ai eu aucun mal à localiser l'adresse, et j'ai découvert un parapluie abandonné sur un banc. J'ai regardé autour de moi à la recherche de son propriétaire, mais il n'y avait pas grand monde et je n'ai pas hésité à le prendre. C'était un parapluie à fleurs, le premier que j'aie eu de ma vie. Un parapluie printanier, ai-je pensé en bravant la pluie.

Je suis arrivée devant l'immeuble sans me tromper de chemin, et quelques minutes plus tard je me suis retrouvée au pied d'un escalier d'incendie en métal gris. En haut, une porte vitrée s'ouvrait effectivement sur un couloir desservant cinq logements aux portes peintes en noir. Au-dessus du chambranle de la première, j'ai découvert la clé.

J'ai rapidement pris mes aises dans la chambre. En réalité, c'était un petit appartement de deux pièces comprenant une minuscule cuisine. Il n'y avait pas de meubles, à part deux matelas pliables empilés dans un coin. J'ai déplié les matelas, allumé le chauffage et serré mon manteau autour de moi. Et je n'ai pas tardé à m'endormir.

Pendant la nuit, la pluie s'est transformée en neige, et à mon réveil j'ai découvert des toits blancs. Je me suis assise sur le rebord de la fenêtre pour contempler toute cette blancheur que j'avais voulu fuir.

Au bout de quelque temps il a recommencé à pleuvoir, et peu après j'ai entendu des paquets de neige dégringoler du toit avec un bruit mouillé qui résonnait entre les murs. Chaque fois, je ressentais une légère secousse dans mon dos. De mon poste d'observation je voyais la neige humide s'écraser lourdement sur l'asphalte.

Le bruit de la neige tombant des toits annonce un changement de saison. Maintenant je n'ai plus de doutes : c'est bel et bien le printemps qui arrive. J'ai beau savoir que c'est la pluie d'automne qui fait fondre la neige, ce sont des bruits printaniers qui surgissent dans mon esprit. Je pense à la neige glissant sur les tuiles et s'écrasant dans le jardin du vieux Selter. C'est le même bruit que j'entends à présent. Je me rappelle une journée de printemps à Clairon – mais peut-être étions-nous encore en février, peut-être l'hiver n'était-il pas terminé, car il y avait eu plusieurs jours de gel avant un brusque redoux. Le père de Thomas était là. Ce devait être peu de temps après notre emménagement, car il n'est pas revenu depuis.

Nous étions dans le bureau – l'ancienne chambre d'enfants que le père de Thomas avait partagée avec son frère, et qui jouxtait la chambre de leurs parents – quand nous avions entendu la neige dévaler du toit. Le père de Thomas était en train de nous raconter ses hivers à Clairon.

Son frère et lui avaient l'habitude de jouer dans la neige tombée du toit, mais leur père – le vieux Selter, comme il disait – le leur avait interdit, car des stalactites de glace pouvaient se détacher de la gouttière et les blesser. D'ailleurs, au moment où il leur parlait, une grosse stalactite s'était fichée dans le tas de neige juste à côté d'eux.

Thomas a ri. Non pas de l'histoire, qu'il avait à peine écoutée, mais parce que son père venait d'appeler son grand-père *le vieux Selter.* À présent, le vieux Selter, c'était son père, a-t-il fait remarquer. Je n'ai pas pu m'empêcher de sourire, mais j'aurais mieux fait de m'abstenir, car le père de Thomas est entré dans une colère noire. Il a tourné les talons et boudé jusqu'à la fin de la journée. L'idée lui déplaisait. Il n'aimait pas que le temps passe. Il n'aimait pas l'idée de vieillir. Il n'aimait pas que Thomas soit désormais le jeune Selter. Dans l'après-midi, il l'avait accompagné faire des courses. Marcher à côté de son fils adulte l'avait gêné. Ça voulait dire qu'il était vieux. Il ne voulait pas être vieux.

Maintenant, ce sont des bruits printaniers que j'entends quand la neige glisse sur les tuiles. Je pense au printemps, à l'été et à l'automne. Que le temps passe ne me dérange pas du tout.

479

J'ai quitté Bergen tôt ce matin, avant que la neige s'écrase dans la rue, et je vogue maintenant sur la mer du Nord. J'ai noté l'heure de départ du ferry dans mon livre des saisons. Et de nouveau je le devine : les saisons bougent. Je l'entends en montant sur le pont : le bourdonnement du moteur, une aussière qui ne cesse de frapper la coque du bateau.

Les lumières du port s'estompaient à mesure que nous prenions le large, et un petit vent s'est levé ; il souffle toujours, mais il n'y a aucun risque de tempête et je m'attends à une traversée calme. J'ai étudié les courbes et les données de la météorologue. Je me dirige vers le printemps, et je me suis habillée en conséquence. Sur le pont, j'ai froid dans ma veste légère. Je l'ai trouvée dans un dépôt-vente à Bergen, elle est grise, avec des nuances de vert. Elle ne va pas avec mon parapluie à fleurs, mais elle me fait penser au printemps. Je l'ai échangée contre mon manteau d'hiver. J'ai aussi acheté une paire de bottines. Je voyage léger, en tenue printanière. Peut-être suis-je trop optimiste. Mais je cherche la chaleur. Des endroits où souffle un vent doux. Des endroits où il y a des nuances de vert.

482

Nous avons accosté au crépuscule, et il était tard quand on nous a laissés débarquer. Ensuite j'ai dû attendre pour passer la douane et le contrôle des passeports avant de pouvoir monter dans mon train. Dans un premier temps, il n'a pas voulu démarrer. Quand il s'est enfin mis en branle, j'ai essayé de me persuader que je filais à travers une douce obscurité printanière, mais la nuit était déjà bien avancée et je n'ai pas pu garder les yeux ouverts.

Je suis arrivée à Londres tôt ce matin, et je me suis tout de suite mise à la recherche d'une chambre. Les trottoirs étaient secs, sans traces de neige. Il ne faisait ni chaud ni froid. Il y avait des lumières, des bruits, des magasins ouverts et du monde dans les rues. J'ai voulu penser au printemps, mais les gens portaient encore des vêtements d'hiver. Je me suis dit que la ville me paraîtrait peut-être plus printanière quand il ferait jour. Et je n'ai pas tardé à trouver une chambre.

Le printemps, je ne l'ai découvert que le lendemain. En fait, j'ai tout découvert. Toutes les saisons. Je suis allée dans plusieurs magasins en quête de signes annonciateurs ; d'abord avec curiosité et bonne humeur, puis avec perplexité et finalement avec un sentiment d'inhibition devant l'excès de saisons. Je ne sais pas ce qui m'a le plus perturbée :

les stands débordant de fruits et légumes de tous les continents ou la variété de leur présentation. J'ai déambulé entre les rayons et les gondoles, les bacs et les empilements. J'ai vu des récipients de toutes sortes : hexagonaux et carrés, petits et gros, rectangulaires et ovales. Des gobelets aux couvercles en forme de dôme. Des boîtes aux angles coupants. Des barquettes en carton et en plastique. Des paniers tressés et des sacs perforés pour permettre à l'air d'y circuler. Des seaux remplis de tiges de rhubarbe, des pots où les herbes aromatiques continuaient à pousser sous la vive lumière printanière des néons. Des cageots de fruits à foison, et des emballages aux systèmes de fermeture sophistiqués : zips, velcros ou boutons-pression. Des myrtilles, des framboises et des fraises présentées dans des barquettes tapissées de film à bulles. Des filets contenant toutes sortes de fruits : jaunes pour les citrons, roux pour les oranges, bordeaux pour les pamplemousses. Il y avait des bocaux de fruits découpés de toutes les manières : en bâtonnets, en cubes, en tranches, en triangles. Il y avait des légumes en sachet : râpés, hachés, débités en rondelles. Il y avait des salades composées, des assaisonnements variés, des couverts emballés. Il y avait tant de choses que je n'ai pas pu choisir. Je ne savais plus ce qui appartenait au printemps.

J'ai pensé au jardin printanier du vieux Selter. Les fleurs précoces, la ciboulette qui commençait à percer, le persil d'automne qui reprenait vie avant de monter en graine. La poirée vert foncé, qui repoussait après avoir végété dans l'obscurité pendant l'hiver.

Les derniers poireaux un peu flétris, qu'il fallait récolter avant qu'il ne soit trop tard. Les oignons dans la remise, les pommes de terre qui restaient, les premières feuilles de rhubarbe qui se dépliaient et les épinards qui apparaissaient. Les quelques artichauts qui gardaient leur coupant, alors que la plupart gisaient en état de décomposition sur le sol. Et ensuite les asperges vertes. D'abord les petites, qui s'étaient semées toutes seules, puis les grosses tiges vert tendre, de plus en plus nombreuses, qui étaient bonnes à consommer jusqu'à la mi-juin et qu'on laissait ensuite se développer pour former de larges buissons vert foncé.

J'ai pensé au marché de Clairon. Les marchands dans leurs manteaux de printemps. Les ménagères et les vieux messieurs qui ouvraient leurs caddies pour y entasser fruits et légumes, en terminant par un sachet de raisin. De jeunes couples avec des cabas à logo. Des passants avec des sacs en plastique qui bruissaient légèrement.

Je n'ai rien posé dans mon chariot. Je le traînais derrière moi, il brinquebalait à cause de ses roues de travers et j'étais incapable de choisir. Tiraillée entre mon désir de printemps et la bigarrure des saisons qui s'étalaient devant moi, j'errais dans le magasin, tel un animal perturbé par la lumière trop violente.

Finalement, ce sont les mots qui m'ont aidée. Je me suis dirigée vers les caisses avec mon chariot rempli de mots printaniers : *spring greens, spring onions* et une barquette de *spring soup*. Et j'ai quitté le magasin avec un peu de printemps. Juste un peu, mais assez pour me donner le sentiment d'être sur le bon chemin.

De retour dans ma chambre, j'ai mangé ma soupe de printemps, à laquelle j'ai trouvé un goût indéfinissable. Puis j'ai glissé mes légumes dans mon sac et je suis descendue à la réception demander comment aller vers le sud. Vers le printemps.

497

J'ai quitté l'hiver. Ici, il fait doux. Je pense *air de printemps* quand je me promène à vélo sur les routes humides. Il tombe une pluie fine. C'est une pluie de printemps, je ne vais pas loin, j'accueille un jour après l'autre. Je me suis habituée aux routes, à la circulation. Je me suis habituée aux maisons, où je trouve des chambres à louer pour une nuit ou deux. Je me suis habituée aux cuisines, aux fourneaux, aux réfrigérateurs. Je coupe mes légumes de printemps avec un couteau bien affûté. J'ai trouvé des radis et des épinards, des journées ensoleillées et sans neige, une brise tiède. Et hier j'ai trouvé une chaise dans une remise de jardin. Ainsi, je peux m'asseoir au soleil. Pas longtemps ; je garde ma veste de printemps. Mais le soleil sera de plus en plus présent à mesure que j'irai vers le sud.

Sur mon vélo je traverse de petites villes, je roule sur des routes étroites, je longe des champs verts. Par endroits, la terre est nue ; ailleurs, de jeunes pousses apparaissent déjà. Je sens l'air doux et humide : c'est suffisant pour se croire au printemps.

Dans la première maison où j'ai passé la nuit, j'ai découvert un vélo dans la remise. J'ai hésité un jour ou deux, puis je l'ai sorti. J'ai graissé la chaîne et acheté des sacoches, ainsi que des élastiques pour fixer mon sac sur le porte-bagages. J'ai fait quelques promenades aux alentours, j'ai déniché une cape de pluie et une paire de bottes en caoutchouc un peu trop grandes. J'ai laissé mes vêtements en laine en échange de la cape. On se réchauffe quand on pédale, on s'habitue à la pluie et à la chaleur. Je roule sous un léger vent, je roule sous une lumière gris clair. J'enfile ma cape quand il tombe quelques gouttes, je me mets à l'abri quand la pluie redouble d'intensité. Ainsi, j'avance doucement et prudemment à travers le printemps.

J'ai gardé mon parapluie à fleurs ; je l'ai plié et rangé dans mon sac, et je me suis procuré des feuilles de plastique pour protéger mes sacoches, car j'aime pédaler sous la pluie du printemps. J'aime ce temps changeant, où le soleil disparaît soudain pour laisser place à un ciel gris. J'aime les chemins de terre et les après-midi passés à affronter les vents contraires.

Je note les villes et les trajets dans mon livre des saisons. Je circule sur les pistes cyclables ; les ponts m'aident à franchir les fleuves et les cours d'eau. Je cherche des signes annonciateurs du printemps, je prépare des plats de printemps dans les cuisines des autres. Il y a des maisons qui sont vides le dix-huit novembre, elles ne sont pas difficiles à trouver. Je note leur adresse dans mon livre. J'y recopie aussi les recettes des plats. Je fais mes courses dans les magasins que je découvre sur mon chemin. J'écris que nous sommes au printemps, que les champs sont verts. Je parle de ma trousse de raccommodage, de ma chaîne qui saute, des vendeurs de vélos qui mettent des pompes à disposition quand le magasin est fermé.

504

Tout va plus vite, les journées défilent. J'écris *avril* dans mon livre des saisons. Je me dirige vers le sud, je pense à des vacances par un temps de printemps, je pense à Pâques en Angleterre, je pense à Lisa et à son temps estival. Je pense à Thomas, mais alors je pédale plus fort, je sens la transpiration couler sous ma cape de pluie, j'ai chaud dans mes bottes trop grandes. J'avance, ça va mieux, je me concentre dans les côtes, je lutte pour grimper, je descends en roue libre et cela m'évite de penser.

Je regarde le paysage, j'écris des noms dans mon livre des saisons. Lieu après lieu. Nom après nom. Je parle du vent dans mes cheveux, de la pluie sur mon visage, de mes mains glacées sur le guidon.

505

Le premier dimanche après la pleine lune suivant l'équinoxe de printemps : Pâques tombe ce jour-là. Or, je n'ai pas de dimanches, pas de pleine lune, pas d'équinoxe. Dans ce cas, comment trouver Pâques ? D'ailleurs, qui a inventé tout ça ? Qui a inventé des fêtes dont la date est fonction du soleil, des lunes et des planètes ? Mon année ne peut pas être régie par le ciel, car le ciel est toujours le même. Je dois trouver mon printemps dans les champs, sur les pistes cyclables. Je dois trouver Pâques dans les magasins. Je cherche un temps de Pâques, mais un temps de Pâques, ça peut être beaucoup de choses. J'ai des souvenirs de grêle en avril, de soleil et d'averses dans notre jardin de Bruxelles. J'ai des souvenirs de Pâques en Angleterre. De journées chaudes et de légères gelées nocturnes.

Je retrouve Pâques dans mes souvenirs. Je garde une image d'œufs de Pâques, de Lisa et moi assises par terre. Ce devait être lors d'une fête de famille chez mon oncle maternel. D'un anniversaire de naissance ou de mariage. L'anniversaire de mariage de mes grands-parents, peut-être. Je ne me rappelle que les œufs. Lisa et moi avions voulu emprunter les jouets de notre cousin, mais on ne nous l'avait pas permis, et ma mère a sorti de son sac deux livres. Nous étions plongées dedans quand ma tante est arrivée avec un petit panier contenant plusieurs œufs très jolis ; ils devaient être en bois, car ils étaient assez lourds. Je me souviens de leur poids dans ma main, de leurs couleurs : ils étaient peints en jaune, gris clair et vert, avec de petits dessins au trait délicat, me semble-t-il.

This is for you, a dit ma tante en souriant. Comme j'étais l'aînée, c'est à moi qu'elle a tendu le panier, mais les œufs étaient pour nous deux, car elle a regardé Lisa en même temps. Le visage de Lisa s'est éclairé. Moi, j'étais ravie de recevoir un cadeau aussi joli. Mais un des invités est venu saluer notre tante, et elle a rejoint les autres convives.

Alors que Lisa sortait les œufs du panier, je me suis levée d'un bond, car je m'étais soudain rendu compte que j'avais oublié l'essentiel. J'ai couru retrouver ma tante, qui parlait avec un homme que je ne connaissais pas. Hors d'haleine, je lui ai dit : *Thank you, auntie Kate, thank you so much.* Elle m'a regardée d'un air étonné et je l'ai encore remerciée pour les jolis œufs. Après une légère hésitation elle a éclaté de rire.

I didn't give them to you, a-t-elle dit en échangeant un regard avec son interlocuteur, qui riait également. Les œufs n'étaient pas un cadeau. Pourquoi avais-je cru cela ? Mais nous pouvions nous amuser avec, a-t-elle ajouté pendant que je m'éloignais à reculons. Était-ce la déception d'apprendre que le cadeau n'en était pas un ou le fait d'être un objet de risée ? Toujours est-il que j'avais honte. Ma joie s'était évanouie et j'ai de nouveau vu ma tante échanger un regard avec cet homme que je ne connaissais pas. Un regard un peu compatissant accompagné d'un haussement de sourcils, comme lorsqu'elle constatait que, décidément, nous ne comprenions rien, que nous nous obstinions à mélanger le français et l'anglais et que nous avions encore oublié de dire *thank you* et *please*.

Lisa était toujours assise par terre, un œuf dans chaque main. Moi, j'avais cessé de m'y intéresser. Je lui ai expliqué que les œufs n'étaient pas à nous, mais elle n'a rien voulu entendre : ils étaient si jolis, a-t-elle protesté. Il m'a semblé qu'elle avait tort de s'obstiner. Au bout d'un moment elle a quand même fini par les délaisser. Nous avons délicatement posé le panier sur le rebord de la fenêtre, puis nous sommes allées dans le jardin rejoindre notre cousin.

Dans le train du retour, j'ai raconté l'histoire à mes parents. Ma mère a essayé de m'expliquer la réaction de ma tante. Nous avions peut-être mal compris ; elle nous avait sans doute dit : *This is for you to play with*. Je savais pourtant que ce n'était pas vrai. Mais peut-être ma tante s'était-elle vu offrir le petit panier d'œufs par la personne avec qui elle discutait, a objecté ma mère. Dans ce cas, elle aurait simplement voulu sauver la situation, lui faire comprendre qu'elle n'était pas en train de refiler son cadeau à quelqu'un d'autre. Peut-être, peut-être, a rétorqué mon père. Et les choses en sont restées là.

Quand nous avons changé de train à Londres, mon père s'est éloigné au milieu de la foule. Au bout de quelques instants il est revenu avec deux gros œufs en chocolat enveloppés de papier doré. Je me souviens d'avoir transporté le mien avec beaucoup de précautions pour prendre la correspondance. Il était très lourd et tenait à peine dans mes mains. Lisa était trop petite pour porter le sien, mais j'ai délicatement posé mon gros œuf sur la petite tablette devant mon siège. À notre arrivée, je l'ai de nouveau pris dans mes mains pour descendre sur le quai, et il ne s'est pas brisé. Je ne sais plus à quel moment je l'ai mangé. Je ne me rappelle ni son goût ni le crépitement du papier doré. J'ai pourtant dû entendre le bruit et savourer le chocolat, mais j'ai tout oublié. Sauf le voyage en train, passé à contempler un gros œuf jaune.

512

Avoir retrouvé Pâques dans mes souvenirs ne m'a pas aidée à avancer dans ma quête. Et les *cross buns* achetés dans un supermarché ne m'ont pas rapprochée du printemps. Ni les serviettes jaunes et les petits lapins en chocolat découverts dans un autre magasin. J'ai enfoui mon butin dans mes sacoches et j'ai continué à pédaler en me disant que tout cela était pathétique. Ça n'avait rien à voir avec Pâques. Ni avec le printemps. Ce n'étaient que des accessoires de théâtre. Des objets que j'énumérais dans mon cahier vert, au même titre que les adresses de Pâques, les signes avant-coureurs du printemps, les températures et les horaires d'ensoleillement.

513

Et pourtant. Le vent souffle maintenant dans mon dos. J'emprunte les pistes cyclables, je franchis des ponts, je longe des rivières, le soleil apparaît et ma machine à fabriquer des saisons fonctionne. Peu importe que nous soyons en novembre. Peu importe que mon printemps soit bricolé avec des accessoires de théâtre. Le vent me fait avancer dans mon année. Je poursuis mon chemin avec mes mensonges printaniers. Avec mes mensonges verts. Ou jaunes. Ma journée de novembre me lâche, je la laisse derrière moi. J'ai vaincu les ciels automnaux, les ciels immobiles et dépourvus de Pâques. Cette nuit, il y avait des nuages, mais à présent le soleil brille et je me dirige vers le sud.

519

Soudain ils sont là, les agneaux nouveau-nés. Dans un pré de Cornouailles. Je pense à la météorologue : elle avait raison. Ce sont des agneaux de Pâques. En continuant de pédaler, j'en découvre d'autres. D'autres prés, d'autres agneaux. Des brebis entourées de leurs petits. Étonnée, je m'arrête. Il ne fait pas froid, l'air est presque tiède. Le printemps est venu. Je bifurque, je longe le pré, je vois une pancarte :

Springfarm et *Bed & Breakfast.* Du printemps archétypal, un concentré, une essence de printemps, me dis-je. Et je loue une chambre.

526

Le printemps n'est pas facile à retenir. Il me glisse entre les doigts dès que je m'arrête. Assise à la fenêtre de l'annexe derrière ma ferme du printemps, je contemple les brebis et les agneaux. Les étables sont remplies de printemps, les brebis agnellent, les vaches vêlent, les champs sont verts, il y a des prairies et du blé d'automne.

Mais quelque chose manque à l'appel. J'écris cela sur ce feuillet, mais pas dans mon livre. Quelque chose dans l'air, ou dans mon corps. Des sensations, des odeurs. Ou des sons, peut-être. L'explosion matinale des chants d'oiseaux, le parfum des plantes. L'air me paraît trop rare, je ne retrouve pas l'éclosion des boutons, l'atmosphère printanière, le pollen. L'excitation du printemps est difficile à faire surgir. Même si les champs sont verts.

Dans mon livre je n'écris pas que l'air est dénué de printemps, que des sons manquent dans le ciel. Le vide ne se voit pas, mais il est sensible à l'odorat. Et je l'entends. Personne ne chante.

Le matin, je frappe à la porte de la ferme et loue la chambre de l'annexe. Je fais semblant d'arriver, je gare mon vélo dans la cour. Peu après se présente une famille avec plusieurs enfants. Ils sont venus voir les veaux et les agneaux de novembre. Le propriétaire nous fait visiter sa ferme, il nous explique son travail. C'est pratique de faire naître les bébés des vaches et des brebis en automne, dit-il. Il emploie le mot bébé. Sans doute pour plaire aux préadolescents. À nous autres il parle de vêlage programmé, d'agnelage automnal, des avantages d'une reproduction organisée. C'est une question de planification, de rationalisation du travail. Après la récolte des fruits et les semailles d'automne, les journaliers sont disponibles. Ainsi on peut se faire aider pour les mises bas. La température est encore clémente, les petits grandiront pendant l'hiver et seront prêts pour le printemps.

Dans les étables derrière la maison d'habitation, les brebis et les agneaux se croient au printemps. Il y a aussi des chevaux qu'on peut louer. Je me promène à cheval dans la forêt. Ma monture est placide et nous avançons lentement, mais c'est une forêt d'automne. Je n'arrive pas à retenir le printemps.

543

J'ai laissé mon vélo dans une remise de jardin à Plymouth. J'ai posé mes sacoches et mes bottes en caoutchouc à côté du vélo, mais j'ai gardé la cape de pluie. J'ai pris un ferry et je suis maintenant dans un train qui file vers l'été. Je sens un changement. Les plantes m'aident. Je pense aux asperges. À la rhubarbe, aux fraises précoces. Je suis prête pour l'été, je suis en route. Avide de soleil. Pleine d'espoir. Je n'ai pas besoin d'une chaleur suffocante, seulement d'un été doux avec un peu de soleil et des bruits de plage.

Je pense à ma sœur. Je pourrais l'entraîner avec moi, aller la voir et tout lui raconter, lui dire de faire ses bagages et de partir avec moi au soleil.

Puis je pense à Thomas. À son regard. À sa peau chaude. Aux journées d'été. Je pourrais aller à Clairon, nous pourrions partir au soleil, peut-être accepterait-il quand même de m'accompagner.

Je pense au bruit de ses pas dans l'escalier, les après-midi d'été. Au bois qui grince. Il vient de rentrer de la poste. Je l'entends monter à l'étage pour mettre de l'ordre dans son bureau, il range quelques livres sur les étagères. Je monte à mon tour, nous avons du travail, mais nous finissons par nous retrouver au lit.

Je le sais pourtant. Il ne voudra pas voyager avec moi. Même en lui faisant miroiter des vacances au soleil, je n'arriverai pas à le persuader. Il me dira que je dois chercher l'été toute seule. Ainsi, je n'irai voir personne. Ni lui ni ma sœur. Je trouverai mon chemin sans leur aide. Comment pourrais-je leur demander de m'accompagner ? Comment pourrais-je les entraîner dans mon dix-huit novembre ?

562

J'ai trouvé l'été. Un été en novembre. Un début d'été. Sur une plage près de Montpellier. En milieu de journée le soleil brille et il fait doux. Je note les températures et les horaires d'ensoleillement dans mon livre des saisons. J'écris que les estivants sont encore peu nombreux. En revanche, on trouve facilement des maisons de vacances et il y a de la place dans les cafés.

J'habite une maison vide au bord de la mer. Le matin, je mange des fraises dans ma cuisine donnant sur la plage. J'achète des asperges et du poisson frais, et je poursuivrai bientôt mon chemin vers des journées plus chaudes. Je n'ai plus besoin de ma cape de pluie, que j'ai rangée avec mon parapluie dans un placard sous l'escalier. En montant dans ma chambre, j'entends un bruit discret sous mes pieds. Un début de grincement estival.

J'ai trouvé des couvertures et des oreillers d'été. Je les ai emportés sur la terrasse et j'y ai passé la nuit. Ils ont été tachés d'humidité, et au réveil il faisait froid. En remontant ma literie dans ma chambre, j'ai entendu l'escalier grincer. Ce n'est pas encore un bruit d'été, mais le soleil pénètre à travers la fenêtre et d'ici peu je continuerai mon voyage. Je longerai la côte en quête de soleil, de plages et de nuits estivales. Je suis prête pour la chaleur.

#578

Trouver l'été en novembre n'est pas difficile. Il suffit de suivre le flot des gens qui cherchent la chaleur. Plus on va vers le sud, plus il y a du monde sur les plages et les promenades de front de mer. Des estivants plus nombreux et moins vêtus.

Maintenant que l'été est là, je pense davantage aux corps. Je pense davantage à la peau, aux mains, aux pieds, aux bras et aux jambes, car ils sont visibles dans la rue. Les corps sur la plage me font penser à Thomas. Je le fais surgir dans le tableau. Je me rappelle que les corps peuvent se dénuder, et c'est là que Thomas apparaît, car les vêtements ont disparu. J'abandonne volontiers les baigneurs, avec leurs bras et leurs jambes : en poursuivant ma pensée je vois Thomas se substituer à eux.

Je ne peux pas faire comme s'il n'existait pas. Comme s'il n'était pas assis quelque part dans une maison, alors que je contemple les baigneurs, allongée au soleil. Je ne peux pas aller dans un bar, engager la conversation avec un estivant, l'inviter à prendre un verre sur mon balcon et le mettre dans mon lit. C'est impossible : tôt ou tard, devant mes yeux, il se transformera en Thomas.

584

J'avais repéré la maison. Je suis passée devant le matin et en milieu de journée. Je suis repassée le soir. Ma maison. Ma maison d'été. Elle est située en retrait, dans une rue qui descend vers la plage. Je n'ai vu personne, et j'y suis retournée le jour suivant. Je n'ai pas trouvé la clé ; j'ai cherché sous les pots de fleurs et dans la remise au fond du jardin, et je suis finalement entrée par effraction. C'était facile : j'ai découvert un soupirail à l'arrière. Du côté du jardin et de la terrasse, où traînaient encore une table et quelques chaises.

Je pense que la maison est restée longtemps inhabitée. À présent c'est moi qui y vis. Le mobilier de jardin semblait m'attendre, je n'ai eu aucun mal à ouvrir le soupirail et j'ai pu me glisser dans le sous-sol. À l'intérieur, tout était couvert de poussière, mais c'était habitable. Sur la table de la cuisine, j'ai découvert un trousseau de clés. En montant à l'étage, j'ai compris que j'avais trouvé à me loger jusqu'à la fin de l'été. Je me sentais chez moi, j'ai écrit dans mon livre des saisons que l'été était venu. J'ai noté l'adresse de plusieurs hôtels espagnols, les horaires des trains et des bus, les noms des villes et des rues, et je viens de décrire ma maison. Elle est jaune. Sur la grande place, il y a un marché tous les matins. En sortant, cinq minutes à pied me suffisent pour retrouver l'exubérance de l'été.

.

592

C'est la première fois que je le pense : Thomas avait raison, je dois chercher une solution toute seule. Grâce à tes dons, tu y arriveras, avait-il dit. Grâce à ton sens des détails. Je ne sais pas s'il y a une solution, mais j'observe les détails. Les détails des corps. Un gros orteil avec quelques poils noirs. Un pied chaussé d'une sandale. Dans les cafés, je regarde sous la table voisine. Dans le train qui dessert les petites villes des environs, je remarque une nuque. Et sur le port, une main. Ou deux mains en train d'amarrer un bateau. Elles dessinent une chorégraphie compliquée, et voilà que le nœud est fait. Je contemple la mer, j'ai envie de demander si je peux monter à bord. Est-ce qu'on peut naviguer à travers le dix-huit novembre ? Je n'en sais rien. Mais j'ai trouvé l'été. Peut-être dois-je me contenter de ça.

Je m'attable dans un café du centre-ville. Mon sens des détails dirige mon regard vers un homme en train de lire le journal. D'un petit geste du doigt, il remonte ses lunettes sur le nez, puis il lève la tête. Grâce à mon sens des détails je le vois sourire. Mais ce fameux sens m'abandonne et je sors mon livre de mon sac.

Je noue mes cheveux et enfile une robe d'été sans manches. Mes cheveux ont poussé. Un matin, je me les fais couper. En les regardant tomber, je me sens plus légère. J'ai perdu quelque chose : mes cheveux et mes espoirs. Ce sont des cheveux que Thomas a touchés. Ils tombent par terre, et on les balaie. Sur ma tête ne restent que les cheveux du dix-huit novembre.

605

Le soir, je sors. Pas seulement un soir. Soir après soir. Je danse. Je ne parle pas beaucoup, car la musique est forte. Nous parlons des langues différentes, mais nos phrases se noient dans les flonflons.

Je secoue mes cheveux. Je raconte que j'ai perdu mes cheveux et mes espoirs. Nous parlons anglais. *My hair and my hope*, dis-je en continuant de danser. La nuit suivante je le dis en allemand et en français. *Meine Haare und meine Hoffnung. Mes cheveux et mes espoirs.* Et j'ai épuisé mes ressources linguistiques.

Je danse, mes jupes volent et je pense aux journées de Clairon. Je me dis que j'ai de nouveau une humeur. Je pense *rayonnante de joie*, je pense *privée d'espoir*. Je bois des cocktails, je danse, je trinque avec des gens, je mange de grosses olives et de petits piments basques. Je danse avec des femmes, mais surtout avec des hommes. Le local déborde de détails et j'observe tout. Tous les signaux. Je vois se déployer des signaux que j'avais presque oubliés. Il y a mes bras et mon visage. Il y a mes mains, que je ne peux m'empêcher de passer dans les cheveux qui me restent. J'arrange ma robe, nous nous déchiffrons, nous nous approchons, nous reculons. Je sirote des boissons acidulées avec un homme qui lorgne ma main, je mets un certain temps à comprendre qu'il cherche la marque d'une alliance. À son annulaire je remarque un cercle plus pâle, je lui demande s'il cache son alliance dans sa poche. Il le confirme, il me la montre, et je lui raconte que Thomas et moi n'en avons jamais porté. Nous avons toujours pensé que c'était inutile. Un détail superflu, dis-je. C'est lui qui m'apprend que nous mangeons des piments basques. Il a vécu en Navarre, il essaie de m'apprendre quelques mots de basque, mais c'est trop compliqué, les syllabes se mélangent dans ma bouche et nous finissons par évoquer les langues pré-indo-européennes. Mais ça, c'est plus tard, quand nous marchons dans la nuit. Notre conversation tourne en rond. Je lui ai parlé du dix-huit novembre, mais j'ai bien vu qu'il ne me croyait pas.

Il est tard quand je retourne dans ma maison. Mes chaussures font clic-clac dans la nuit. Clic, clic, clac, disent-elles. J'hésite, mais je ne m'arrête pas. Si j'emmène quelqu'un chez moi, des détails finiront par me rappeler Thomas. Je mets mes signaux sur pause et m'assieds dans l'obscurité derrière la maison.

Mon sens des détails se dirige d'abord vers l'intérieur. Vers l'image de Thomas. Puis de nouveau vers l'extérieur. Vers le ciel étoilé. Car je viens de retrouver le ciel nocturne. Je n'ai pas de télescope, mais je reconnais plusieurs de mes amies de Clairon parmi les étoiles. J'entends des bruits, un couple de joggers court d'un pas régulier le long de ma clôture. Je ne les vois pas, ils sont cachés par les arbustes entourant la terrasse. Un enfant pleure, une femme à la voix fatiguée essaie de le consoler. Plongés dans une conversation, un homme et une femme passent dans la rue. Puis arrive un groupe de personnes. Et deux femmes qui éclatent de rire.

J'entends toutes les langues estivales, elles se mélangent, j'entends de l'espagnol, de l'allemand et de l'anglais. J'entends du finnois et une langue asiatique. Puis une langue scandinave ; je crois que c'est du norvégien.

#631

Je ne sors plus la nuit. Je me contente du ciel et des passants. Des bruits de l'été, des langues, des étoiles dans la nuit. J'ai visité l'observatoire local, j'ai vu des bouts d'une gigantesque lune grisâtre. Elle était bien trop grande.

J'écoute les voix. Les mots, la musique. Dans la journée, je me promène en ville, je vais dans les magasins, je fais des allers et retours sur la plage de galets. Je ramasse des tessons de verre de toutes les couleurs, je les range dans un bocal transparent posé sur le rebord de la fenêtre. Je commence à connaître les estivants, les vendeurs des magasins et les garçons de café. Ils ne me reconnaissent pas, mais je me sens chez moi à force de les revoir. Je retiens l'été, j'écoute les langues de l'été. Je guette les mots à consonances estivales, je les note dans mon livre et je m'enfuis si quelqu'un dit *Weihnachtsgeschenke.* Je pense *été archétypal, concentré d'été, essence d'été.* Sur le chemin du retour j'essaie de dire *Wahl jahreszeit*, mais le mot fait des nœuds dans ma bouche malgré mes efforts pour garder le rythme en marchant.

639

Je m'apprête à mettre fin à mon été. Je pense à l'automne. Je pense à la maison de Clairon, à la pluie d'automne, mais ce n'est pas quelque chose qui me manque. Les bruits de la maison, la pluie frappant le toit, l'eau dans les canalisations ne me manquent pas. Je ne rêve pas d'y retourner. Je ne rêve pas de retrouver les poignées qui grincent, les lettres et les paquets qui atterrissent sur le sol de l'entrée. Ni les tasses et les sous-tasses, la fumée qui tourne autour de la cheminée, les mains qui frôlent les murs, les silhouettes qui longent la clôture sous la pluie.

Ce qui me manque, ce sont les pas de Thomas dans l'escalier. Dans l'escalier de l'été. Pas dans l'escalier de novembre. Le Thomas du dix-huit novembre ne me manque pas. La maison de Clairon ne me manque pas.

J'ai un escalier dans ma maison, il grince quand je monte ou descends, mais c'est tout ce que j'ai. Quand je m'allonge dans mon lit en gardant la fenêtre ouverte sur la nuit, la maison est silencieuse. Rien ne grince, personne ne marche dans l'escalier.

649

Je migre vers la fin de l'été. Tout doucement. Vers le nord. Quand j'ai tourné la clé dans la porte d'entrée, le petit déclic métallique m'a paru d'une tristesse fragile, mais je me suis mise en route. J'ai caché la clé dans la remise, derrière une pile de briques, car j'ai l'intention de revenir. C'est ainsi que je pense. Je reviendrai, puisque j'ai réussi à construire un été. L'été reviendra, je me promène dans mes mensonges colorés et je ferme la porte pour me diriger vers l'automne. Vers novembre, vers de vraies journées de novembre. Mais je n'y suis pas encore, et je ne l'écris pas dans mon livre des saisons, car il me faut d'abord la fin de l'été, avec ses soirées fraîches.

Je cherche des villes de fin d'été, je pense aux rues d'automne. J'ai écrit *Madrid* dans mon livre des saisons, j'ai voyagé vers le nord, je me suis plongée dans les statistiques de la météorologue, j'ai découvert des maisons de fin d'été en faisant des recherches sur l'ordinateur de mon hôtel. Et je sens déjà un changement, une sorte de réveil, une tristesse attentive. L'été se termine, je me promène avec ma veste sur le bras, ma veste de printemps s'est transformée en veste de fin d'été. Aujourd'hui je n'en ai pas besoin, mais je suis prête si un nuage venait à cacher le soleil.

654

C'est un frémissement, une sorte de douce panique. Je suis en quête de septembre. Je cherche des endroits qui me rappellent le septembre de Clairon. Un matin de brume, un peu de fraîcheur dans l'air, des journées que la chaleur de l'été a libérées de son étau. Dans la rue il y a davantage de vêtements, moins de peau. Il y a des vestes et des chaussures. Je me réfugie à l'intérieur, je ressens une sorte de fébrilité, mais rien ne se passe. Hier soir je suis allée au théâtre, et je n'ai vu que des êtres humains prisonniers d'un espace, d'une scène. Incapables de s'en échapper, ils ne cessaient de s'agiter.

655

Ici tout est calme. C'est le matin ; je suis assise sur un banc au bord d'un canal, et rien ne bouge. Je contemple l'eau, elle est marron. Immobile. Ou presque. Elle coule, mais si lentement qu'il faut observer une feuille flottant à la surface pour s'en rendre compte. La feuille se déplace, son mouvement est presque imperceptible.

Ma machine est tombée en panne. Je pense à septembre, une feuille flotte sur l'eau et tout est sur le point de s'arrêter.

Dans mon livre des saisons je parle de la tiédeur d'août, de l'arrivée de septembre. J'écris *Arcachon*, *Bordeaux*, *La Rochelle*. Je remonte la côte atlantique, je me dirige vers le nord. J'ai noté les horaires des trains, le nom des hôtels, tout ce que j'ai l'habitude de noter, mais j'ai le sentiment que mon année s'est figée.

658

Je ne suis pas une voyageuse. Il m'arrive de me déplacer, mais ce n'est pas un voyage. Je me contente de remonter doucement vers le nord. J'essaie de capter le goût de septembre. J'achète des pommes et des poires. J'achète du raisin, de petits fruits rouges.

Je commande des plats d'automne et serre ma veste autour de moi.

Dans mon livre des saisons je lis des phrases sur l'hiver, sur le printemps, sur l'été. À présent j'écris *septembre*. Je pense aux mensonges blancs de l'hiver, aux mensonges verts du printemps, aux mensonges bleu nuit de l'été, aux mensonges mordorés du mois d'août. Mes mensonges s'effilochent, se font de plus en plus minces, ils sont gris clair et blancs, ils se parent de couleurs tendres. De jour en jour ils deviennent plus transparents. Je devine la présence de novembre, mais j'écris *septembre*. Dans un musée, je contemple des verres romains. Ils sont colorés et mats. Mes mensonges y ressemblent, ils ne sont plus qu'une mince couche de verre. Translucides, ils ont une vague teinte d'usure, de passé. Il y reste quelques pigments de couleur. Pourtant, je m'en rends compte : les verres sont remplis de novembre.

667

Et soudain j'ai retrouvé septembre. Un septembre inattendu. Je n'ai pas eu besoin des statistiques, car mon dix-huit novembre trop chaud à Cologne m'est soudain revenu en mémoire. À l'époque je me dirigeais vers l'hiver, mais la température n'avait rien d'hivernal. Et maintenant c'est septembre que je ressens. C'est son air qui flotte dans les rues.

En sortant de la gare, j'ai vu la cathédrale se dresser devant moi. À ma dernière visite j'étais en quête de décembre et de janvier, et la chaleur m'avait contrariée. À présent, elle me paraît tout à fait agréable. Dix-sept degrés et une légère brise.

Je suis entrée dans la cathédrale. Les vitraux chatoyaient faiblement, mais le soleil est apparu tout à coup et une débauche de couleurs a envahi la nef tout entière. Il y en avait partout, sous la voûte, sur les murs, sur les dalles du sol. Puis le ciel s'est à nouveau voilé. Une lumière calme. Septembre en couleurs.

671

Mon agitation s'est évanouie. Je me sens à l'aise dans ma journée de septembre. J'ai trouvé un hôtel et je me promène en ville. L'été s'est refermé, l'automne arrive. Un doux murmure. Une journée bienveillante.

Je me sens chez moi en m'asseyant sur un banc pour regarder les feuilles jaunes. Je me sens chez moi dans les rues et les cafés. Ce n'est pas difficile de faire passer les journées. Je me laisse divertir, je vais au cinéma, au théâtre, j'assiste à des concerts. Une curiosité raisonnée me pousse à fréquenter les musées et les expositions. Je note tout. Une rue où le vent se lève soudain. Une exposition qui me captive : j'y passe plusieurs heures et y retourne le lendemain. Un café où je m'installe bien au chaud pour me plonger dans un livre. L'automne est omniprésent. Un automne discret, timide. Le cercle se referme. Je m'étire. J'ai atteint septembre, je poursuivrai mon chemin jusqu'à octobre, puis novembre arrivera et il ne me restera plus qu'à tout recommencer. Mon année, mon scénario : une machine à fabriquer des saisons, un mouvement perpétuel que je peux rejoindre quand je veux.

682

Je le craignais, mais je m'étais dit que cela ne m'arriverait pas. Pourquoi ? Je n'en sais rien. Pourquoi ne m'y étais-je pas préparée ? J'aurais pu le prévoir. Que cela se produirait. Un vol. On m'a volé mon sac. Or, mon sac n'est pas seulement un sac. Mon sac est tout. Tout ce que je possède. S'il disparaît, je disparais aussi. Ou presque. Heureusement, je l'ai récupéré. Il ne manque rien. Ou presque. J'ai récupéré ce dont j'ai besoin. Pourtant, la frayeur ne m'a pas quittée. Elle est toujours là, même si j'ai retrouvé mon sac. Ainsi j'ai à la fois ma frayeur et mon sac, et je les trimbale avec moi. Mais je n'ai plus mon livre des saisons.

À mon arrivée à Düsseldorf, il faisait aussi doux qu'à Cologne. Un anticyclone s'est installé quelque part à l'est de la ville. Je parle de septembre, mais j'étais partie à la recherche d'octobre. Je voulais un ciel dégagé, un air plus frais. En consultant les données de la météorologue dans ma chambre d'hôtel de Cologne, j'ai vu que je trouverais tout cela à Düsseldorf.

J'y suis arrivée avant-hier. À la gare de Cologne, j'ai remarqué que les voyageurs étaient plus nombreux que d'habitude. Il était environ deux heures et j'ai pris le premier train pour Düsseldorf. Une fois installée, je me suis aperçue que c'était un train omnibus. Il s'arrêtait dans toutes les gares pour ramasser des passagers. Des supporters se rendant à un match de foot. Ils n'étaient pas importuns. Plutôt aimables, même, bien qu'un peu éméchés et assez bruyants. À une simple voyageuse en route vers octobre, leur présence pouvait sembler vaguement inquiétante.

Ils m'ont proposé une canette de bière, que j'ai acceptée après une légère hésitation. J'ai pensé *bière de septembre* et *match de septembre,* sans doute pour ne pas me laisser désarçonner. Il ne m'arrive pas souvent de tomber sur des fêtards en prenant le train, et mes autres voyages dans les environs de Cologne avaient dû se dérouler plus tard dans l'après-midi, car je n'avais aucun souvenir d'avoir croisé des supporters lors de mes précédents dix-huit novembre.

Mes compagnons de voyage se rendaient à un match entre Cologne et Düsseldorf, qui jouait à domicile. Il y avait des supporters des deux camps. Ils avaient beau porter des écharpes de couleurs différentes – rouge et blanc pour les uns, noir et rouge pour les autres –, je n'ai senti aucune animosité entre eux. Plutôt une sorte d'excitation partagée.

C'était manifestement un match important. L'enjeu, c'était l'accès à la division supérieure. Ou la relégation. Mais on ignorait encore qui allait monter ou descendre. Dans quelques heures, on serait fixés, certains passagers appartiendraient au camp gagnant, d'autres au perdant. Les uns se retrouveraient en seconde catégorie ou division – je ne sais pas quel est le terme utilisé – tandis que les autres seraient rétrogradés. À moins que rien ne bouge. J'ignorais quelles seraient les conséquences de ce match ; il m'avait totalement échappé qu'un important événement sportif avait lieu le dix-huit novembre.

Le train était bondé, des gens circulaient dans le couloir, certains étaient assis par terre et on voyait de petites flaques de bière ici et là. Des flaques de solidarité, dirais-je, comme si la bière soudait les différentes factions. Ou nous soudait. Trinquant avec les uns et les autres, j'ai fini par vider ma canette. Pendant ce temps, le train n'a cessé de se remplir et j'ai envisagé de céder ma place à un voyageur parmi les plus chancelants. Mais nous sommes arrivés à Düsseldorf avant que je n'aie pu me décider, les passagers se sont déversés sur le quai et les escalators les ont emportés. Dans le hall, il y avait toute une rangée de policiers. C'est alors seulement que j'ai commencé à me sentir mal à l'aise. J'ignore s'ils s'attendaient à des bagarres, ou simplement à des débordements festifs. Je me suis hâtée de gagner le centre-ville, tandis que les supporters se répandaient dans les rues à la recherche de moyens de transport pour se rendre au stade.

À Düsseldorf, l'après-midi était ensoleillé. Peut-être plus frais qu'à Cologne, mais moins nuageux. En me promenant à la recherche d'octobre et d'une chambre d'hôtel, j'éprouvais un léger plaisir devant l'incertitude de la situation. La journée pourrait encore me réserver des surprises, il restait peut-être un peu de suspense. Je m'en réjouissais. Je n'avais pas la prétention de tout savoir sur le dix-huit novembre, mais j'avais quand même appris un certain nombre de choses, et il me suffirait de me renseigner pour en découvrir d'autres. À l'heure qu'il était, je n'avais pourtant aucun moyen de connaître le résultat du match. J'étais en terrain inconnu. Une novice dans le dix-huit novembre du football.

J'ai soudain eu envie de goûter au suspense. Je me suis dit que je pourrais aller au stade et assister à un match de foot pour la première fois de ma vie. Mais j'ai rapidement abandonné l'idée. Trouver une chambre s'est avéré plus compliqué que je ne l'avais pensé, et c'était un problème que je devais résoudre en priorité. Après cinq tentatives infructueuses j'en ai enfin trouvé une, à dix minutes de la gare, dans un petit hôtel boudé par les supporters.

J'ai regardé le match à la télévision, dans un bar près de l'hôtel. L'équipe locale a gagné et pourrait apparemment passer dans la division supérieure. Quand elle a dû jouer les prolongations, le suspense était à son comble, mais j'ai senti mon intérêt faiblir. À l'issue du match, l'enthousiasme s'est manifesté à grands cris, car tous les clients étaient supporters des vainqueurs. J'ai trinqué avec plusieurs personnes, mais la bière a fini par m'endormir, et je me suis discrètement éclipsée pour rentrer à mon hôtel.

Hier je me suis réveillée avec des maux de tête, et j'ai passé l'essentiel de la matinée à somnoler. Quand j'ai enfin émergé, il était midi passé. Je suis descendue chercher un sandwich auquel j'ai en vain cherché un goût d'octobre, et j'ai profité de l'apparition du soleil pour me promener. En marchant, j'ai senti que l'heure du match approchait. Le silence semblait retomber sur la ville et la circulation se faisait moins dense : une grande partie des habitants avait dû se rendre au stade, et les autres s'étaient probablement calfeutrés chez eux. Dans les cafés et les pizzerias, des supporters étaient déjà installés devant les écrans allumés. Certains portaient des écharpes et des tee-shirts aux couleurs de l'équipe locale, mais la plupart n'arboraient aucun signe distinctif, et il était difficile de dire à quel camp appartenaient les uns et les autres. Les ultras devaient déjà être dans les tribunes.

J'ai déambulé en ville. Je suis descendue jusqu'au Rhin par un escalier en pierre et j'ai continué ma promenade le long des berges. Il n'y avait pas grand monde. Ici et là, des personnes isolées et des couples étaient assis sur les quais, et un orchestre de jazz jouait sur une péniche-restaurant. Je m'y suis installée au soleil, sur un siège en plastique noir, et j'ai commandé une bière. À côté de moi, des gens prenaient un déjeuner tardif.

Je commence à aimer la bière. J'ai pensé à l'Oktoberfest. Ce pourrait être ma prochaine étape. Une dernière station avant d'arriver en novembre. Je me suis demandé où trouver une fête à laquelle je pourrais participer. Une fête de la bière où les gens ne se connaissaient pas. Me faire accepter par un groupe, comme cela m'était arrivé dans le train, ne me paraissait pas si simple.

J'ai repris ma déambulation le long du fleuve. Promenant mon regard sur l'interminable quai avec ses pavés gris, je contemplais les bateaux et les ponts. Étourdie par la bière avalée en plein soleil, j'ai peut-être manqué de vigilance, ou alors c'était un simple concours de circonstances ; toujours est-il qu'un cycliste est soudain arrivé dans mon dos. Le bruit de sa chaîne rouillée et le grincement de ses roues ont dû troubler mon attention, car il a attrapé mon sac avant même que j'aie pu m'en rendre compte. J'ai perdu l'équilibre, et il en a profité pour faire glisser le sac de mon épaule. Tout s'est passé si vite que je n'ai pas eu le temps de réagir. J'ai seulement pu voir qu'il arborait une panoplie aux couleurs de l'équipe locale – écharpe et bonnet bien enfoncé sur les oreilles – ainsi qu'un sweat à capuche bleu foncé et un pantalon de jogging dont j'ai remarqué les bandes blanches quand il a fait demi-tour devant moi pour remonter la rampe d'accès et disparaître en direction du centre-ville, mon sac à la main.

J'ai crié dans son dos. Dès que j'ai retrouvé mon équilibre, j'ai couru après lui, mais avant que j'aie pu atteindre la rampe il était déjà loin. Arrivée dans la rue, je l'ai cherché des yeux tout en essayant de reprendre mon souffle. Il avait sans doute brûlé un feu rouge et profité du trafic clairsemé pour s'engouffrer dans une des ruelles en face.

J'étais désespérée, en état de choc. Sans mon sac, j'avais l'impression d'être nue. Je savais pourtant que ce genre de mésaventure pouvait m'arriver, mais j'estimais que c'était peu probable. Mon vieux sac était usé, et je n'ai pas l'air de quelqu'un qui se promène avec des objets de valeur. Pour plus de sécurité, je garde toujours une seconde carte de crédit dans la poche de ma veste, mais je n'ai jamais jugé utile de prendre d'autres précautions. Certes, je répartis mon argent liquide en différents endroits. La plupart du temps je porte cependant mes affaires sur moi, ou je les laisse dans ma chambre d'hôtel. Il est rare que des choses disparaissent en pleine journée. J'ai toujours pensé que, si on me volait mon portefeuille ou mon sac, ils finiraient par réapparaître sur les lieux du larcin. Dans ce cas, l'affaire serait vite élucidée, car le voleur y reviendrait également.

Mais à présent je me sentais perdue. De retour sur le quai, j'ai marché de long en large à la recherche d'un indice. J'avais pourtant vu le voleur s'éloigner avec son butin. Finalement, j'ai regagné la rue, inspecté les entrées des immeubles et fouillé les poubelles, mais le sac était introuvable. Découragée, je suis rentrée à l'hôtel. Auparavant, je suis quand même repassée au restaurant, mais personne n'avait rien vu et on n'a pas pu m'aider.

Sur le chemin du retour je n'ai pas non plus vu trace du sac. Il ne me restait plus qu'à attendre, en espérant qu'il finirait par réapparaître. Le mieux serait sans doute de laisser passer la journée et de retourner sur les lieux le lendemain.

J'ai parlé du vol à la réception de l'hôtel. Comme je pensais avoir gardé la note dans mon sac, j'ai demandé au personnel de me prévenir au cas où on rapporterait mes affaires. On m'a conseillé de porter plainte.

J'ai passé une mauvaise nuit. J'ai eu du mal à m'endormir et je n'ai cessé de me réveiller pour fouiller vainement ma chambre. J'ai enfin pu dormir une heure ou deux, mais je n'ai pas retrouvé le sac à côté de mon lit, et il n'est pas réapparu de la matinée. On ne l'a pas rapporté à la réception, il ne m'attendait pas dans la rue, il n'était dans aucun des endroits où j'ai eu l'idée de le chercher : ni dans les poubelles de l'hôtel, ni dans le débarras à côté de la réception, ni dans les toilettes près de la salle du petit déjeuner.

Dès ce matin j'ai fait un premier tour en ville. À l'heure où avait eu lieu le vol, je suis retournée dans les mêmes rues que la veille. Chaque fois que je voyais un individu arborant une écharpe et un bonnet aux couleurs de l'équipe locale, chaque fois que j'apercevais un homme portant un pantalon de jogging ou un sweat à capuche, je m'approchais discrètement pour le regarder de près. Mais aucun ne ressemblait à mon cycliste, et je n'ai pas reconnu son vélo parmi ceux que j'ai vus. Je suis également allée dans plusieurs cafés et pizzerias – sans aucun résultat.

Plus tard, je me suis de nouveau attablée dans le restaurant du quai, en prenant un café cette fois-ci. Aucun des clients ne ressemblait à mon voleur. À vrai dire, aucun ne portait d'écharpe ni de pantalon de jogging, et je n'ai pas vu le moindre vélo dans les parages. Comme la veille, je me suis levée pour longer le quai. À présent j'étais aux aguets, mais je n'ai rien remarqué de particulier. Démoralisée, j'ai fini par m'asseoir sur un banc face au fleuve. Tout était parfaitement calme, et j'ai décidé de revenir sur mes pas.

Bien m'en a pris, car en traversant le restaurant j'ai aperçu mon sac au pied d'une table un peu à l'écart. Il était posé contre un bac à fleurs, comme si je l'avais oublié là. Je me suis précipitée pour le récupérer. Au même instant, un garçon s'est approché avec une commande. Hors d'haleine, je lui ai demandé s'il avait vu quelqu'un déposer le sac. J'ai essayé de lui expliquer qu'on me l'avait volé. Qu'un cycliste me l'avait arraché. Le garçon n'avait rien vu, et le couple de Japonais qui attendait ses consommations n'a rien pu me dire non plus. Ils avaient effectivement vu une personne avec un sac, mais à l'évidence ils parlaient de moi. En quoi ils n'avaient pas tort, puisque je venais de le ramasser. Je crois cependant qu'ils faisaient allusion à une scène antérieure.

Pour éviter les quiproquos je les ai tous remerciés, puis je m'en suis allée avec mon sac avant qu'ils aient eu le temps de se poser des questions. Et j'ai pressé le pas pour regagner mon hôtel après avoir bien regardé autour de moi.

Dans ma chambre j'ai aussitôt ouvert le sac. Fort heureusement, mon portefeuille y était, ainsi que ma carte de crédit et la plupart des affaires que je n'avais pas laissées à l'hôtel. En le secouant pour le vider, j'ai fait tomber plusieurs objets que je ne me souvenais pas d'avoir emportés : le sesterce romain, mon stylo-bille du Salon des Lumières, un sachet contenant huit caramels, une chaussette en laine dépareillée et un tube de mascara bon à jeter.

Dans l'une des poches de devant j'ai retrouvé la clé USB achetée à Copenhague, qui était maintenant couverte de crasse. Dans l'autre, j'ai découvert la lampe de poche que j'avais prise dans le placard à balais de mes parents. Mon passeport y était également, mais mon argent liquide – environ mille euros – s'était envolé. Tout comme mon livre des saisons, ainsi que les feuilles volantes et les billets de banque que j'y avais glissés.

J'ignore ce qui avait pu se passer. J'imagine que le voleur avait pris l'argent et le livre des saisons, pensant que le petit cahier pouvait renfermer des renseignements importants. D'ailleurs, il y avait de quoi être intrigué par cet alignement d'adresses d'hôtels et d'horaires de trains, ces détails sur les saisons, ces courbes de températures et ces statistiques météorologiques. Étant donné la somme importante de liquide que je gardais dans mon portefeuille, le voleur avait dû se dire que ces formules mystérieuses permettraient peut-être de se procurer de l'argent. Mais cela n'expliquait pas pourquoi le sac avait réapparu dans le restaurant. En fin de compte, le voleur l'avait peut-être abandonné près du bac à fleurs après avoir pris l'argent. Dans ce cas, le livre des saisons aurait tout simplement disparu pendant la nuit.

Tout cela me paraît étrange, mais je me dis qu'il ne faut pas accorder trop d'importance au livre et à l'argent. Comme s'ils ne m'appartenaient pas et qu'il ne fallait pas se formaliser de leur disparition. En revanche, je n'arrive pas à comprendre pourquoi un cahier refermant toute une année d'observations serait moins enclin à rester avec moi qu'une chaussette d'hiver dépareillée.

Soulagée et légèrement perplexe, j'ai refermé le sac. Le plus important était de l'avoir récupéré. Les explications pouvaient attendre.

Plus tard j'ai découvert que mes clés avaient également disparu. Aussi bien celles de la maison de Clairon que celle de la chambre 16 de l'Hôtel du Lison. Je me suis inquiétée pour Thomas, mais je me suis rappelé qu'il n'était pas question de lui dans mon livre des saisons. Je n'y parle pas non plus de l'Hôtel du Lison, et son adresse ne figure pas sur le porte-clés, si bien que le voleur aura du mal à ouvrir quoi que ce soit. Ma chemise cartonnée se trouve sur la table à côté de moi, tout comme le cahier contenant les traits et les numéros des journées. Avant de sortir en ville hier en fin d'après-midi, j'y avais aussi laissé les livres que j'avais emportés de Bruxelles. Ainsi, je suis rassurée : mon petit cahier vert a beau me manquer, j'ai tout ce dont j'ai besoin.

Je ne cesse pourtant de ruminer tout ça. Je voudrais bien comprendre comment le voleur pourra conserver les objets dérobés. Que deviendront-ils s'il les jette ? A-t-il pris l'argent liquide, les clés et le livre des saisons avant d'abandonner le sac dans le restaurant ? Ou le sac est-il revenu tout seul ? Comment le livre des saisons a-t-il pu disparaître ? Serait-il devenu inutile ? Je l'ignore. Je sais simplement qu'il y a des zones d'incertitude. L'arrêt du temps n'a rien de mécanique. Il y a des choses que je ne comprendrai jamais. Mais j'ai récupéré mon sac. Ça, je le comprends. L'argent liquide, je m'en fiche ; je peux en tirer autant que je veux aux distributeurs. Et je ne tenais peut-être pas plus que ça au petit cahier vert. J'ai perdu mes saisons, mais en avais-je vraiment besoin ?

Si les objets se volatilisent, c'est sans doute parce qu'ils ne me servent plus à rien. Je pense aux clés. Leur disparition m'inquiète, mais que faire ? Cela signifie probablement que je ne retournerai plus en arrière. Je n'en sais rien. En revanche, je sais que nous sommes en automne. En novembre, si je veux être honnête. Nous ne sommes ni en septembre ni en octobre. Nous sommes en novembre. Le dix-huit novembre. Une journée tiède à Düsseldorf, où les supporters de l'équipe locale et ceux des visiteurs boivent de la bière en bonne entente. Où les visiteurs vont bientôt perdre, et où les locaux circulent à vélo et volent des sacs. Peut-être dois-je rallier l'ennemi. Peut-être dois-je me résigner à vivre dans le monde tel qu'il est. Peut-être dois-je accepter qu'il n'y ait plus de fête de la bière, que Noël et le Nouvel An ne reviennent jamais, que je ne voie plus l'hiver ni le printemps, ni Pâques, ni l'été. Qu'il n'y ait que novembre. Et rien d'autre.

D'ailleurs, je n'ai pas envie de fête. Ni de bière. Les groupes où l'on boit, trinque et vole des sacs, ce n'est pas pour moi.

#701

Mais je n'ai rien contre novembre. Pas depuis que j'ai cessé de me mentir sur les saisons. Je n'ai rien contre novembre tel qu'il se présente ici : doux pour la saison, avec des après-midi ensoleillés et un léger vent. Novembre n'a rien de fâcheux. Je n'ai pas besoin de voyager à la recherche d'autres saisons. Je n'ai plus envie de voyages, plus de désirs. Je me dis simplement que je m'apprête à laisser derrière moi une deuxième année. Ou plutôt que je flotte dans un temps où les années n'existent pas. Car je le sais : je n'ai pas connu de saisons, je ne cherche pas de lieux où tourner un film. Les saisons, ce ne sont pas des lieux et des scénarios ; on ne peut pas construire une année avec des fragments de novembre. Bien sûr que non.

709

Il me reste pourtant un léger espoir. Un léger espoir de pouvoir quitter ma journée de novembre. Après tout, construire des saisons m'a peut-être rendu service, m'a peut-être rapprochée de quelque chose qui ressemble à une vraie année. Quand elle viendra à se terminer, j'espère pouvoir sortir du dix-huit novembre. Ma vie à travers les saisons pourrait bien m'y aider.

Je me demande pourquoi il est si difficile de ne pas raisonner en années. Je ne sais pas pourquoi je m'accroche à cet espoir microscopique. Je constate simplement qu'il surgit de temps à autre. Un oiseau rare. Pas toujours le bienvenu. J'ai essayé de construire une machine à fabriquer des saisons. J'ai essayé de remettre l'année en marche. N'ai-je pas fait tout mon possible pour réintégrer le temps ?

721

Mais je n'y crois pas longtemps. Je ne crois pas qu'on puisse remettre une année en marche. Je ne me crois pas capable d'avancer jusqu'à d'autres journées. Il ne me suffira pas d'accélérer, de parcourir mon chemin de novembre à toute allure : le dix-sept, le dix-huit, puis le dix-neuf et le vingt.

Je pense que je continuerai à me réveiller le dix-huit novembre. Dans un temps dépourvu de saisons. Un temps dépourvu de semaines et de mois, de fêtes et de vacances, de calendriers et de millésimes. C'est chronique, je ne peux rien y faire. Je me promène dans les rues, je suis en novembre, j'ai perdu mes saisons. Adieu, saisons. Bonjour, novembre.

733

Et voici que l'année est finie. Une année remplie de saisons, me dis-je. Mais ce n'étaient pas des saisons. Ce n'étaient que des morceaux d'épaves repêchés dans le flot de mes journées de novembre. On a beau se déplacer selon les courbes et les calculs d'une météorologue, cela ne suffit pas à remettre en marche une année. On ne peut pas construire une année avec des fragments de novembre. C'est impossible. J'essaie de ne pas raisonner en années. Ce n'est pas facile, mais à présent je ne veux penser qu'aux journées. Aux douces journées de novembre qui ne cessent de revenir. Le matin arrive, puis l'après-midi, puis la nuit, puis de nouveau le matin. Et c'est toujours la même journée.

Deux années de dix-huit novembre. Sept cent trente-trois jours, demain ça fera sept cent trente-quatre et après-demain sept cent trente-cinq. Ça va durer jusqu'à quand ? Jusqu'à ma mort ? Je ne suis pas morte. Je suis en novembre. À Düsseldorf. Qu'est-ce que je fais là ?

#738

Je suis là parce qu'un petit anticyclone s'est installé à l'est de la ville. C'est la météo qui m'a conduite ici. Je suis là parce qu'il ne pleut pas. Parce qu'il ne neige pas. C'est une journée de novembre, mais je n'ai pas l'impression d'être en automne. C'est simplement une journée. Assez douce pour ne pas me faire désirer l'été. Une journée sans humidité, sans l'air mordant de l'hiver. Une brise tiède souffle dans les rues. Vers trois heures, le soleil apparaît, mais ce n'est pas un soleil d'hiver. Ni le soleil timide du printemps. Ni le soleil brûlant de l'été. Il brille, c'est tout.

J'ai trouvé un endroit qui ne me rappelle pas Clairon par temps de pluie. Qui m'empêche de penser à Thomas marchant sans son parapluie. Qui ne me donne pas envie de retrouver les hivers du jardin du vieux Selter, avec leur givre et leur fine couche de neige. Qui ne m'incite pas à me promener dans les magasins à la recherche de signes du printemps. J'ai trouvé un endroit qui ne m'oblige pas à me souvenir du corps estival de Thomas en train de monter un escalier qui grince. Ou en train de le descendre.

J'habite une chambre d'hôtel dans une journée dépourvue de saisons. L'après-midi est doux. Quand je m'assieds sur un banc pour contempler les arbres, j'aperçois quelques feuilles jaunes. C'est une journée qui ne me raconte pas les étés passés. Ni les hivers futurs. Ma journée de novembre est clémente, dorée et éternelle. À quoi me serviraient les saisons, maintenant que je viens d'échouer sur le rivage d'une éternité chaude et ambrée ? Une répétition bienveillante. Que demander de plus ?

#741

Et maintenant j'ai trouvé un appartement sur le Wiesenweg. C'est un ancien cabinet d'architectes transformé en logement. Les fenêtres sur rue sont en verre dépoli, on ne voit pas à l'intérieur. Dans l'annonce collée sur une vitre, on précisait que l'appartement était vide, mais le précédent locataire y a laissé un lit. Dans la cuisine, il y a aussi une table et deux chaises. Cela me suffit. J'aurais même pu me contenter d'une seule chaise, mais ça, je ne l'ai pas dit à la propriétaire.

J'étais passée plusieurs fois devant l'immeuble avant de comprendre que c'était là que je devais habiter. Pas dans une chambre où l'on entend les bruits des voisins. Ni dans une maison grise sentant légèrement le moisi. Ni dans des hôtels et des logements vacants au gré des saisons.

Après avoir acheté un nouveau téléphone, j'ai appelé le numéro figurant en bas de l'annonce. J'ai découvert que la propriétaire vivait au dernier étage et j'ai réussi à la persuader de me faire visiter l'appartement tout de suite. Elle a commencé par me dire qu'elle était pressée. Elle s'apprêtait à sortir, mais nous pourrions nous donner rendez-vous plus tard dans l'après-midi ou le lendemain matin. J'ai insisté. Je lui ai expliqué que j'étais dans le quartier, qu'il me fallait d'urgence un logement, que je me contenterais d'une visite rapide. Je pourrais reprendre l'appartement dès maintenant, et cinq minutes me suffiraient pour trouver l'argent du dépôt de garantie. Il lui paraîtrait sans doute étrange que je me promène avec assez d'argent sur moi pour me payer un appartement découvert par hasard – d'où le délai. Après une légère hésitation elle a accepté, et cinq minutes plus tard j'ai sonné à l'interphone.

Au bout de quelques secondes, je l'ai entendue descendre, puis la porte s'est ouverte et je me suis retrouvée face à une femme âgée dont les cheveux gris s'accordaient mieux à la voix de l'interphone qu'à ses pas précipités dans l'escalier. En effet, sa façon de dévaler les marches m'avait fait penser à une jeune femme ayant autre chose à faire que de louer des appartements à des gens de passage.

Un peu déconcertée par ma hâte, elle m'a reçue avec amabilité. En me présentant, je lui ai raconté que j'étais venue de Bruxelles pour un entretien d'embauche, et qu'on m'avait proposé le poste à condition que je puisse commencer dès le lendemain. Si c'était possible, j'aurais voulu emménager aujourd'hui même. J'étais prête à lui verser une caution et à lui payer un mois de loyer d'avance.

Elle a fini par accepter, et nous sommes montées au quatrième étage. Je lui ai tout réglé en espèces, et elle a imprimé le contrat, que j'ai signé en lui présentant mon passeport. Vingt minutes après mon arrivée, j'avais déjà les clés de mon nouveau logement. Nous sommes redescendues ensemble, et j'ai ouvert la porte de l'appartement. Ma logeuse m'a saluée d'un petit signe de la main avant de partir à la recherche de sa voiture, qu'elle avait garée quelques rues plus loin. La veille, elle n'avait pas trouvé de place plus près, et maintenant elle n'était pas certaine de se rappeler où elle l'avait laissée.

Avant même qu'elle ait eu le temps de récupérer sa voiture, je me sentais déjà chez moi. Je me suis habituée à ces actions éclair. Je sais que rien ne peut attendre, que tout doit se faire immédiatement. Dans mes rares relations avec les gens, il faut toujours leur expliquer que je ne peux rien remettre au lendemain, que je ne peux pas revenir le jour suivant. C'est maintenant ou jamais, car demain, c'est aujourd'hui. Mais ça, je ne le leur dis pas.

J'ai posé mon sac dans mon nouveau logement et ouvert la porte de la cour, où pousse un néflier. Ses fruits mûrs sont orange et brunâtres. Ce sont des couleurs d'automne, mais ça, je n'y pense pas. Je pense seulement : *un néflier*.

754

Je me demande comment on peut s'habituer à une telle situation. C'est pourtant ce que je suis en train de faire. On peut sans doute accepter beaucoup de choses, tant qu'on est déchargé des soucis de la vie quotidienne. Tant qu'on n'est pas en danger. Tant que l'existence est sans drame. Tant qu'on est à l'abri de la pauvreté et des maladies. Et des catastrophes naturelles. Je suis en sécurité, je n'ai rien à craindre. Rien de ce qu'on a appris à redouter : les calamités du réel, les accidents, les deuils, les trahisons, les crimes.

Mes catastrophes sont minimes et mes malheurs passagers : une brûlure superficielle, une entorse, un accident de voiture évité grâce à un système de freinage. Le délit le plus grave dont j'ai été victime, c'est le vol de mon sac, commis par un supporter de foot sur un vieux vélo. À part la progression du temps, je n'ai rien perdu. Sauf une liasse de billets, un cahier vert olive et deux trousseaux de clés. J'ai tout ce qu'il me faut. Je n'ai pas faim. Je peux acheter ce que je veux. Je peux retourner auprès de Thomas, me couler dans son schéma de comportement. Il vit toujours. Je suis certaine qu'il est là, dans sa maison de Clairon. Je ne suis pas en deuil, on ne m'a pas trahie, rejetée ou abandonnée. Il ne s'est rien passé d'effrayant. Rien qui inspire la peur.

761

L'après-midi, quand le soleil apparaît, je sors une chaise et je m'assieds dans la cour. Peu de choses me rappellent ma vie à Clairon-sous-Bois ; peu de choses me rappellent mes tentatives de construire des saisons. Je ne suis pas obligée de calquer mes mouvements sur ceux d'une autre personne, je peux bouger à mon propre rythme. Je dois simplement veiller à rester invisible quand ma propriétaire quitte son appartement ou y retourne, car elle a oublié que je suis là. Elle sort une première fois dans la matinée et revient trois heures plus tard. Puis elle ressort dans l'après-midi, quand je suis assise dans la cour, et regagne son quatrième étage aux environs de cinq heures. Son mari part tôt le matin et rentre vers six heures. Quand ils sont chez eux je peux allumer la lumière, car ils ne voient pas mes fenêtres. Les autres appartements de la cage d'escalier sont tous occupés, mais leurs habitants sont absents dans la journée et je les entends à peine. Des pas résonnent parfois dans l'escalier, mais en général le seul bruit qui me parvient est celui de la circulation. J'ai l'impression qu'elle se calme au moment du match, car j'entends alors dans les feuilles du néflier un léger souffle que je ne perçois pas le matin. Mais c'est peut-être parce que le vent s'est levé. La nuit, les bruits sont plus présents, non pas à cause du vent, mais parce que les rues sont presque désertes. Les tramways ne circulent plus et les voitures se font rares ; le souffle dans l'arbre n'est plus un simple murmure, mais un bruissement de feuilles jaunes et desséchées. Si je vais dans la cour à cette heure-là, j'entends les sons s'enrichir d'autres nuances. C'est un véritable concert. Des feuilles qui se frôlent ou frottent contre les branches, une nèfle qui tombe. Elle atterrit avec un bruit sourd et roule sur quelques centimètres avant de s'arrêter. Le monde semble dire *danke* quand l'arbre perd un fruit.

763

Dans les magasins je remarque des signes annonciateurs de Noël. Bien entendu, ils étaient déjà là, mais j'étais à la recherche de janvier, de février et de mars, de Pâques et du printemps, d'août et de septembre. J'avais négligé tout ce qui parlait d'autre chose, mais Noël commence maintenant à se faire sentir. Je pense à Thomas, à mes parents, à ma sœur. Je pense aux cadeaux, mais il n'est pas question d'en acheter. Le temps de manger de la bûche et du *Christmas pudding*, de la dinde et des *roast potatoes* ne viendra pas. Ni le temps de chanter en duo avec les pleurs mêlés de rires du réfrigérateur. Il n'y aura ni mois, ni saisons, ni fêtes. Il n'y aura que novembre, et c'est tout ce que je désire. Je voulais une année qui se remette en marche, mais je ne trouve plus mon chemin, car j'ai perdu mon manuel d'instruction. Merci, voleur à bicyclette.

775

Évidemment, Noël n'est pas venu. Ni le Nouvel An. J'ai compté mes journées, mais je n'ai pas l'intention d'acheter du champagne. Et je ne guette pas l'apparition de la neige dans les rues. Ma matinée du Jour de l'an, avec sa lumière blanche et ses toits couverts de neige, me paraît étrangement loin. Mon année me semble un voyage que j'ai depuis longtemps laissé derrière moi.

Ici, il n'y a qu'une journée de novembre neutre et bienveillante, car mon temps n'est pas circulaire. Il n'est pas non plus une ligne, ni une roue, ni un fleuve. Il est un espace, une chambre, une piscine, un réservoir, une bassine, un récipient. Il est une cour ensoleillée où pousse un néflier. Du café et du soleil par une journée de novembre. *Danke.*

793

Quand je suis assise dans la cour, je me rends compte que le temps est un récipient. C'est ainsi. C'est une journée dans laquelle on peut se plonger. Toujours et encore. Ce n'est pas un fleuve dans lequel on ne se baignerait qu'une seule fois. Le temps ne court pas, il est immobile, c'est un récipient. Tous les jours je plonge mon corps dans le dix-huit novembre. Je remue, mais ne fais rien déborder. Le temps est un espace. Une chambre. Le temps est ma cour, avec son soleil de l'après-midi, avec ses bruits de voitures, avec ses tramways au loin. Ma journée est un récipient où souffle une légère brise, où le soleil apparaît vers trois heures. La nuit est un récipient avec un néflier qui bruisse dans le vent. Et la nuit dit *danke* quand les fruits tombent.

844

J'ai trouvé mon rythme. Ma journée commence au Café Möller. Je descends le Wiesenweg sur quelques mètres et je tourne à droite. Le café est situé au coin de la rue. Mes matinées se ressemblent. Je monte les marches et ouvre la porte. J'entends le bruit de ferraille d'une cloche. Je m'assieds à une table, toujours la même. Une table près de la fenêtre donnant sur la rue. J'arrive entre huit heures trente-neuf et neuf heures douze. Si j'arrive plus tôt ou plus tard, la table est occupée. Dans ce cas, je me réfugie au fond du local, mais en général j'arrive à la bonne heure. Je commande un thé. Derrière le comptoir, il y a huit grandes boîtes de thés différents. Je change de thé tous les jours, en espérant ne pas épuiser les réserves. Parfois je commande aussi une tartine au fromage, ou un yaourt aux fruits. La plupart du temps je ne mange rien. Je me contente de boire mon thé, assise près de la fenêtre.

Mes après-midi se ressemblent tout autant que mes matinées. Vers trois heures, je sors une chaise dans la cour. Je me prépare du café, prends un livre et m'assieds au soleil. Il fait assez chaud pour y rester une heure ou deux.

Seul le milieu de la journée m'inquiète. Je deviens nerveuse, je tourne en rond. Je pense aux bruits de la maison de Clairon-sous-Bois. Je me promène dans un parc deux rues plus loin, je fais des courses, je me rends à la bibliothèque du quartier. Mais je ne retrouve mon calme que lorsque le soleil apparaît et que je sors ma chaise dans la cour.

Mes soirées sont courtes. Je me fais à manger, ou je traverse la rue jusqu'au restaurant grec. Je m'assieds au milieu des clients, qui sont toujours les mêmes.

Je me suis habituée à eux. Il y a un monsieur d'un certain âge, que vient rejoindre une femme – sans doute son épouse. Il y a un groupe où se trouve un seul enfant, qui porte une chemise blanche et essaie de parler comme un adulte. Il y a deux hommes de mon âge, qui se regardent amoureusement.

Je vais parfois dans des boutiques de seconde main, où j'achète de petits ustensiles que j'emporte dans mon sac. La nuit, je garde le sac dans mon lit. En général, je dois attendre quelques jours pour que les objets soient réellement à moi et que je puisse les laisser dans la cuisine : des couteaux et des fourchettes, un épluche-légumes, un moulin à café que j'ai dû racheter trois fois avant qu'il n'accepte de rester. J'ai aussi acheté un fauteuil, que j'ai posé dans le salon vide et dans lequel j'ai dormi trois nuits de suite. Mais je n'ai pas besoin de grand-chose. Bientôt j'aurai tout ce qu'il me faut.

Souvent je me promène en ville juste avant la fermeture des magasins. Je cherche des charcuteries où on s'apprête à jeter les denrées périmées, des boulangeries dont le pain sera invendable le lendemain. Si le temps est un récipient, on peut le vider. Je dois faire attention si je ne veux pas laisser de traces. Des articles devenant introuvables, des rayons vides. Un monstre faisant sa razzia, un ogre en action. Un prédateur qui répand le sang.

Je ne voudrais pas être un monstre. Je réfléchis. Je bouge avec précaution, je m'efforce à ne laisser que des traces minimes. J'essaie de traverser la journée d'un pas léger. De ne pas tout piétiner. Un monstre qui joue les papillons.

Mais je sais qu'avec le temps mes visites au Café Möller laisseront des traces. Qu'il faudra un jour cesser de fréquenter le restaurant du Wiesenweg. J'y retourne pourtant, car je m'y sens chez moi. Je choisis d'autres boissons, j'essaie d'autres plats, je varie les plaisirs, espérant que les cuisines sont bien approvisionnées. Je regarde les passants, j'observe les autres clients, je pense à ce que j'aurais fait si le garçon à la chemise blanche avait été mon fils, si j'étais là avec mon amoureux, si c'était moi qui venais rejoindre l'homme aux cheveux gris. Je me dis que je suis entourée d'amis. Des amis d'une étrange sorte. Même si je ne retrouve plus la communion que j'avais ressentie parmi les supporters et les flaques de bière.

862

J'essaie de me voiler la face, mais je le sais. Je suis un monstre, je dévore le monde. Pourquoi chercher des faux-fuyants ? Je peux me nourrir de restes, je peux ne rien manger de la journée, je peux aller d'un endroit à l'autre en essayant d'effacer mes traces, je peux élargir la zone de mes achats, je peux choisir mes thés dans les boîtes les mieux remplies du Café Möller : tout cela ne sera jamais qu'une tentative de cacher la vérité. De rendre le monstre plus petit. Je le sais. Un jour, ce sera fini. Des boîtes vides, des casseroles vides. Inutile de se voiler la face. Je suis un tout petit monstre dans une cage dorée. Une cage aux couleurs automnales du parc. Mordorée comme les feuilles du néflier, jaune comme ses fruits. J'achète mes oranges juste avant qu'elles ne commencent à moisir, je fréquente les magasins à l'heure de la fermeture, je choisis des charcuteries et des viandes marinées arrivant à péremption le dix-huit novembre. Je mange ce que je trouve, des denrées qui ne vont pas tarder à se transformer en déchets, je rentre avec mes courses, le soir arrive, puis le matin, et c'est toujours la même journée dorée.

877

Est-ce que cela m'aidera de joindre ma voix à celle de la nuit quand elle dit *danke* ? Quand j'entends une nèfle tomber par terre ? Je me dis que j'ai de la chance. J'aurais pu connaître des catastrophes et des tragédies, des maladies et des pénuries. Allongée dans l'obscurité du matin, je pense *danke*. Et quand je n'arrive plus à dormir, je me lève.

Je le sais bien. Je me lève dans ma cage dorée, mais à l'extérieur il y a un monde qui s'agite, un carré noir. Je le sais, car mon univers est doré. J'ouvre la cage, je m'envole. Non, je ne m'envole nulle part, je suis prisonnière, je transporte ma cage dorée avec moi. Je ne suis pas aveugle. Je vois bien qu'autour de moi le monde est différent. Ma journée immobile n'est qu'un tout petit malheur frappant un monstre dans une cage dorée.

Est-ce que cela m'aidera de répandre un peu d'or autour de moi ? Un homme est assis devant le supermarché, je lui tends une pièce ou un billet. J'achète un peu de nourriture pour le couple installé devant la gare avec ses enfants. Ils trouveront des biscuits et des sandwichs dans le sac que je leur apporte, et le lendemain ils seront encore là avec leur pancarte. Un appel au secours. Aujourd'hui je leur ai donné de l'argent, demain ce sera des tartines. Et ensuite je rentrerai chez moi. Je m'assiérai dans mon rayon de soleil et demain je me réveillerai à nouveau. Un monstre dans un monde orange et jaune.

Une femme se tient debout devant un échafaudage. Elle perd la tête. Elle ne sait plus où elle est, le soleil lui tombe sur le visage, elle ne parvient pas à bouger. Ses cheveux sont blancs, ils brillent, elle s'accroche à une barre de fer. Je lui tends le bras, l'aide à s'éloigner, l'installe sur une chaise dans le café d'à côté, lui commande un jus de fruits. Au bout d'un moment elle finit par se rappeler le nom de la maison de retraite qu'elle a quittée un peu plus tôt. Je l'y raccompagne. Le lendemain je la retrouve au même endroit. Je l'observe, elle regarde autour d'elle d'un air confus, puis elle se met à marcher. Je la suis, elle se dirige vers la maison de retraite, elle ne se trompe pas, je garde mes distances, elle est presque arrivée. Je m'arrête, la laisse continuer toute seule. Je vois sa silhouette s'amenuiser, elle connaît le chemin, elle n'a pas besoin de moi. Peut-être va-t-elle poursuivre sa route, quitter le dix-huit, atteindre le dix-neuf. C'est moi qui suis perdue, les autres avancent sans doute vers le futur, vers le dix-neuf, le vingt. Ils me laissent parmi les ombres, je reste là, je les vois s'en aller. L'homme près du supermarché, la petite famille devant la gare, ma propriétaire pressée, le flot de supporters : ils sont déjà loin. Je suis entourée de fantômes, d'enveloppes vides, je vis dans la copie d'une journée révolue. J'imagine que je peux me rendre utile, que ma cage est dorée, que je peux tendre la main aux gens.

Je pense à Thomas dans la maison de Clairon. À la rangée de poireaux qui ne diminue pas. Peut-être a-t-il continué sans moi, jour après jour. Huit cent soixante-dix-sept jours. Je pense à mes parents dans leur maison. Au cognassier du jardin. Il y a belle lurette qu'on a ramassé les coings, l'arbre a poussé, il a traversé l'hiver et le printemps, il a porté des fleurs roses et des fruits jaunes, puis l'hiver est revenu.

M'ont-ils faussé compagnie ? Je n'en sais rien, mais ce n'est pas ainsi que je le ressens. Je n'ai pas l'impression de vivre parmi les ombres. Je cesse d'y penser : le temps s'est arrêté, c'est tout. Je suis assise dans la cour, le soleil va bientôt disparaître derrière le clocher de l'église, il fera frisquet et je me réfugierai à l'intérieur.

889

Avant-hier, au milieu de la journée, alors que je ne tenais pas en place, j'ai passé quelques heures à mettre de l'ordre dans le contenu de mes poches et de mon sac. Voilà à quoi sont réduites mes tâches quotidiennes. Mes cercles sont limités, mes activités microscopiques.

Dans mon sac j'ai retrouvé des tickets de caisse et divers ustensiles que je suis en train d'apprivoiser. Le sac ne me quitte jamais, et j'ai pris l'habitude d'y garder toutes sortes d'objets. Pendant la nuit, il est dans mon lit, contre le mur. En le vidant, j'ai récupéré les objets qui ont accepté d'y rester. Car certains disparaissent malgré mes efforts. Les achats d'impulsion, par exemple. Quand un objet me paraît indispensable, il m'arrive de le racheter, mais parfois il retourne systématiquement à l'endroit d'où il vient. Le monde est flou, et j'ai fini par m'y habituer.

J'ai rassemblé les listes de courses et les tickets de caisse sur la table de la cuisine avant de les jeter à la poubelle. Au fond du sac j'ai découvert des collants et des sous-vêtements que j'ai pliés et empilés sur le lit. J'ai rangé dans un tiroir le couteau d'office et la paire de ciseaux, ainsi qu'une passoire à thé que j'avais laissée dans une poche latérale. Il y avait aussi deux sachets de sucre en poudre un peu fripés, que j'ai déposés dans une tasse ébréchée sur le plan de travail.

En retournant les poches de ma veste j'ai fait tomber un stylo-bille, ainsi que le sesterce romain. J'avais dû les y glisser en récupérant mon sac, mais j'en avais presque oublié l'existence. Le sesterce a rejoint les deux sachets de sucre. Pendant que je rangeais les derniers objets et me préparais à faire une petite promenade, il n'a pas bougé.

En rentrant, je n'y pensais plus. Quand je suis retournée dans la cuisine, il m'a semblé étrangement déplacé dans la tasse ébréchée, à côté des sachets de sucre que le personnel du café aurait probablement jetés si je n'avais pas décidé de les emporter.

J'ai regardé le profil d'Antonin le Pieux en passant mon doigt sur le relief du métal. Puis j'ai retourné la monnaie pour contempler Annona, avec ses épis de blé et sa mesure à grains. J'ai effleuré le bord irrégulier de la pièce, je l'ai soupesée, laissée tomber sur la table et ramassée à nouveau : un petit morceau de passé récupéré en faisant du rangement, mais dont je ne savais que faire dans mon univers.

Regardant autour de moi, j'ai cherché en vain un endroit où poser le sesterce. J'ai fini par le remettre dans la tasse, que j'ai poussée vers l'évier. J'ai soudain eu envie de m'en débarrasser, de le faire disparaître. Désormais, il me laissait indifférente, alors qu'il faisait partie de ma vie depuis mon premier dix-huit novembre. Je l'avais découvert chez Philip Maurel et offert à Thomas. Un cadeau d'amour, un objet destiné à sa collection. Après avoir disparu, il n'avait cessé de me hanter – comme une incertitude, un rappel des mystères du temps. Quand je l'ai retrouvé chez Philip et Marie, il s'est transformé en un cadeau d'adieu, une offrande scellant la fin de notre amitié. À présent il ne signifiait plus rien. C'était simplement une monnaie romaine, retrouvée au fond d'une poche. Je l'avais trimbalé partout, et il gisait maintenant dans une tasse sur le plan de travail, dérisoire et vaguement embarrassant.

Ce n'était pourtant pas n'importe quelle pièce de monnaie. C'était un objet historique, un emblème du passé. Témoin d'une époque révolue, il avait traversé les siècles. Avec ses reliefs et ses symboles, il était sans doute intéressant. Mais pas important. Plus maintenant. Sauf pour des numismates et des passionnés de l'Antiquité.

Tout de même, je ne pouvais pas le laisser traîner dans une tasse près de l'évier, me suis-je dit. Je l'ai rangé dans un compartiment vide de mon portefeuille et j'ai remis la tasse sur le plan de travail. Puis j'ai glissé le portefeuille dans mon sac et enfilé une paire de bottines.

Finalement, il m'a semblé gênant de me promener avec le sesterce dans mon portefeuille. Il n'était pas normal qu'il côtoie des pièces de monnaie ayant cours légal. Je l'ai donc posé sur la table de la cuisine, où il a subi une étrange métamorphose que je n'arrive pas à m'expliquer. Ou plutôt, je ne sais pas exactement qui, ou quoi, a subi une métamorphose. Car le sesterce n'a évidemment pas changé. C'était pourtant le sentiment que j'avais.

J'ai hésité. Je suis retournée dans la chambre, et j'ai posé une des piles de vêtements sur les étagères. Mais quand je suis revenue dans la cuisine, le sesterce n'a cessé d'attirer mon regard. Comme s'il me voulait quelque chose. Une pièce de monnaie ne peut pourtant pas vouloir quelque chose à un être humain.

C'était parfaitement stupide. Mais il y avait autre chose. En plus de devenir éloquent – car il le devenait bel et bien –, le sesterce me faisait prendre connaissance d'un abîme en train de se creuser. D'une perte, d'un écroulement, d'une débâcle. J'ai cru voir une faille s'ouvrir tout doucement. Une fissure que je n'ai pas pu refermer. J'avais beau essayer de regarder ailleurs, le sesterce avait fait apparaître un doute, un manque, une lacune. J'ignore ce qui s'est passé, je sais simplement que je me sentais démunie, seule, insuffisante. Comme si le sesterce se remplissait de sens à mesure que je me vidais de ma substance. Comme si une partie de moi s'était réfugiée dans cette pièce de monnaie, dans ce bout de métal ancien, en laissant un creux.

J'avais toute la journée devant moi. Je n'avais aucun projet. J'avais le temps de penser à mon sesterce, à sa transformation, à mon besoin de lui trouver du sens, à ce vide qui s'ouvrait en moi. J'avais le temps de méditer, de me dire que tout cela était idiot. Le temps de réfléchir à mes efforts pour trouver une signification à cette niaiserie en cuivre. Le temps de me demander pourquoi je tenais absolument à projeter je ne sais quoi sur ce bout de métal.

C'est bien ce que j'ai fait. Je me suis assise. J'ai réfléchi. J'ai cherché des explications. Je me suis étonnée de cet étrange mécanisme qui nous amène à donner du sens aux choses. En fait, cela n'a rien d'étrange. Ou plutôt si, quand on y pense. C'est même une des caractéristiques les plus étranges de l'être humain. Seulement, nous avons renoncé à nous demander pourquoi nous nous obstinons à charger de signification les objets les plus banals : les alliances et les bijoux, les jetons porte-bonheur et les amulettes, les pierres magiques, les reliques et les croix.

Pendant un moment, je me suis interrogée sur les propriétés que nous attribuons aux objets. Que se passe-t-il ? Nous ramassons un jeton dans la rue, on nous passe la bague au doigt, le reliquaire est porté en procession. Nous les transformons en signes, nous les recouvrons de métaux précieux tout droit sortis de notre imagination. Ainsi ils apparaissent lourds de sens, et leur éclat rejaillit sur nous.

En me tournant à nouveau vers le sesterce, je me suis dit qu'il devait y avoir autre chose, tant j'avais été frappée par la façon dont l'espace s'était mis à vibrer autour de lui. Il n'était pas d'une grande valeur, ce n'était pas une pièce en or. Sombre et rugueux, il semblait pourtant d'une essence que je ne parvenais pas à saisir. Un processus s'était manifestement déclenché, comme s'il avait mis en marche un moteur, lancé un mouvement que je devais suivre. Ce n'était pas seulement une pièce de monnaie subitement chargée de sens. Ce n'était pas par simple curiosité que je ne cessais d'y revenir, que je n'arrivais pas à me décider à sortir, que je ne parvenais pas à détacher mes pensées de ce petit bout de métal. Il y avait autre chose. C'est du moins ce que je me suis dit.

L'après-midi était déjà bien entamé quand j'ai enfin quitté l'appartement, abandonnant le sesterce sur la table de cuisine. J'avais les nerfs à vif. J'ai descendu le Wiesenweg et bifurqué vers le fleuve. En marchant le long des berges, j'ai pensé aux Romains, à leurs pièces de monnaie et au Rhin, frontière septentrionale de l'empire. J'ai soudain eu le sentiment de les connaître. Les Romains. Comme s'ils m'accompagnaient depuis longtemps. Ou était-ce moi qui les accompagnais ? C'étaient en quelque sorte de vieilles connaissances, dont la pièce de monnaie m'avait soudain rappelé l'existence.

De petits fragments de savoir ont surgi. Des livres que j'avais lus, une rédaction de mes années de lycée, des propos de Philip Maurel sur les monnaies exposées dans ses vitrines. Je me suis souvenue des images d'édifices romains qui illustraient un ouvrage que j'avais acheté pour T. & T. Selter, j'ai pensé à toutes sortes d'informations glanées pendant ma traversée des saisons, à des reliques du passé européen, à des ruines aperçues lors de mes voyages. Je me suis rappelé les musées visités pendant mes journées d'oisiveté automnale, quand je me promenais sans but. J'avais découvert des sols en mosaïque, des colonnes, des sculptures et des outils, des jarres à usage diurne et des lampes pour éclairer la nuit, des bijoux et des lambeaux de vêtements, des bols et des verres teintés. J'avais tout regardé avec un mélange d'apathie et de curiosité qui avait maintenant laissé place à une espèce de vide, à une vibration, à un besoin d'en apprendre davantage, qui me poussaient à avancer le long du fleuve. En marchant, j'ai essayé de comprendre pourquoi je m'intéressais soudain à l'Histoire. À l'histoire des monnaies. À celle des Romains.

J'ai ressenti une sorte de gêne. Un peu comme si j'étais prise d'un léger vertige ou avais mal à une dent. Je me suis assise sur un muret pour contempler le fleuve. Avec étonnement, j'ai compris que l'Histoire ne m'avait jamais passionnée. Si on m'avait posé la question, j'aurais certainement affirmé le contraire. J'aurais estimé qu'on ne pouvait vendre des livres anciens sans s'intéresser d'une manière ou d'une autre à l'Histoire. Et avec des amis comme Philip Maurel il était tout de même difficile de rester totalement indifférent aux Romains. Mais je n'aurais pas dit la vérité. Mon intérêt pour les objets du passé n'avait rien à voir avec l'Histoire.

J'ai pensé au sesterce que j'avais abandonné sur la table de la cuisine, et qui repose maintenant à mes côtés. J'ai pensé aux livres que j'avais laissés à l'Hôtel du Lison à l'époque où je suivais le flot des passants dans les rues. J'ai pensé à mes déambulations entre les rayons des libraires d'ancien, aux monnaies exposées par ordre chronologique dans les vitrines de Philip, et il m'est clairement apparu que ce n'était pas l'histoire des objets qui m'avait attirée. C'étaient les objets eux-mêmes. C'étaient le toucher d'un beau vélin, le relief de l'impression, la typographie des pages de titre. C'étaient une inégalité des caractères, une irrégularité due aux types usés par les ans. C'étaient la saturation des noirs, les détails des gravures, le contraste entre le blanc et un à-plat de couleur. C'étaient l'odeur et le froissement du papier. C'étaient les différences : le bruit doux d'un papier épais que l'on feuillette lentement, le petit chuintement du papier bible, la dorure de la tranche, la brève résistance du dos, le mouvement de la main quand on caresse une couverture. Une reliure qui s'effiloche, un bord coupant. Mon rapport aux livres passait toujours par le regard, par le toucher. Et s'il m'est arrivé de m'arrêter devant une des vitrines de Philip pour soupeser une monnaie, c'était pour cela : pour sentir son poids dans ma main, pour passer mon doigt sur le relief du métal, pour effleurer son contour irrégulier. Pour contempler les portraits des empereurs et des impératrices, des dieux et des déesses. Pour examiner les petites images côté pile : épis de blé et phares, balances et chouettes, poignards et épées.

Ce n'était pas l'histoire des objets qui m'attirait. C'était tout ce qui échappait à l'Histoire. Dans mon univers, l'Histoire se résumait aux époques ayant produit les objets. Ou à une ligne chronologique permettant de les classer de manière rationnelle. C'était tout. Je n'ai jamais éprouvé le désir de me plonger dans la complexité de l'Histoire, je n'ai jamais cherché des explications aux bizarreries de telle époque, des informations sur la vie quotidienne à telle autre. Je ne m'intéressais ni aux guerres, ni aux événements, ni aux luttes pour le pouvoir. J'étais indifférente à l'esprit du temps, aux conditions économiques.

L'Histoire n'a jamais intéressé T. & T. Selter, me dis-je. Mais ce n'est pas vrai. Ou plutôt, c'est une demi-vérité, car elle intéresse Thomas. Thomas lit Jocelyn Miron, il s'interroge sur les *Rises and Falls.* Il veut des explications, du contexte, il cherche à s'instruire.

Moi, je ne m'y intéresse pas. En pensant à cette nostalgie pour l'Histoire que Philip et moi avions évoquée avec un brin d'ironie, un soir dans sa boutique, je me dis qu'elle m'a toujours paru étrange. C'était quelque chose qui frappait les autres. Nos clients. Des gens en manque de passé. Qui auraient voulu vivre à une époque révolue. Qui cherchaient à établir des liens sensibles avec des événements d'autrefois et des personnages morts depuis longtemps.

Et voilà que j'en suis atteinte à mon tour. Une pièce de monnaie a suffi pour me donner envie d'en savoir davantage. Sur Annona et Antonin. Sur les Romains et leurs frontières. Sur les dieux et les empereurs, les systèmes monétaires et le commerce du blé.

Pendant que je contemplais l'eau, un bateau est passé sur le fleuve et le soleil est apparu. Je me suis levée pour retourner en ville, mais la marche n'a pas réussi à calmer ma nervosité. J'ai acheté du pain dans une boulangerie que je ne connaissais pas, et je suis entrée dans une librairie. En errant entre les rayons, j'ai aperçu un livre dont la couverture a attiré mon regard. C'était un dessin en noir et blanc. Une carte montrant les frontières de l'Empire romain. Je l'avais déjà vue, sans doute dans un musée. J'ai acheté le livre, que j'ai glissé dans mon sac avec deux ou trois ouvrages que j'avais découverts dans une autre librairie. En passant devant un supermarché, je suis entrée. J'ai acheté une salade présentée dans une boîte en plastique portant une grosse étiquette jaune – indication qu'elle serait jetée au moment de la fermeture.

Peu après je suis retournée sur le Wiesenweg, où le sesterce reposait toujours à côté de la tasse ébréchée. Sortant mes livres du sac, je me suis assise à la table de la cuisine.

C'était peut-être tout simple : j'étais prisonnière du temps, et le sesterce était toujours là. Autrefois, ce n'était qu'un bout de métal qu'on avait fondu. Devenu liquide, informe, il s'était solidifié après avoir été frappé aux effigies d'Antonin le Pieux et de la déesse Annona, avec son *modius* et ses épis de blé. Stop. Durci. Pling. Bon à rejoindre le tas de pièces nouvellement frappées. Un instant figé.

Les Romains aussi s'étaient figés. Après un long voyage, ils n'avaient pas pu aller plus loin. Ils avaient atteint la frontière. Ils avaient encore avancé un peu avant de battre en retraite. Et ils avaient commencé à construire un mur. L'empire avait cessé de grandir. Une sorte de piétinement sur place. Stop. Durci. Pling.

Et me voilà coincée dans le dix-huit novembre, incapable d'aller plus loin. Pling. Figée. L'histoire se répète. Était-il si surprenant que le sesterce ait provoqué mon intérêt ? Pas vraiment. Était-il si étonnant que la frontière des Romains ait éveillé ma curiosité ? Pas spécialement. La pièce de monnaie. L'Empire romain. Tara. Stop. Durcis. Pling. Nous sommes de la même espèce.

Le soleil n'avait pas encore déserté ma cour, et je m'y suis installée pour manger ma salade. Dans ma cage dorée à la frontière de l'Empire romain. Et maintenant je suis assise à la table, que j'ai transportée de la cuisine au salon. Le sesterce est à côté de moi, j'ai posé mes livres sur la table et je les ressens continuellement, ce désir, cette soif, ce je-ne-sais-quoi. Cela ne s'éteindra pas. Je l'ai ressenti dans la cour, aux derniers rayons du soleil avant qu'il ne disparaisse derrière le clocher de l'église. Je l'ai ressenti en déplaçant les meubles d'une pièce à l'autre. Je l'ai ressenti au coucher, quand j'ai lu quelques heures avant de m'endormir. Je l'ai ressenti au réveil, je l'ai ressenti hier et je le ressens encore à présent, alors que le soir tombe à nouveau et que j'ai passé ma journée à faire de petites incursions dans l'univers des Romains. Je me suis découvert une tâche, un but. Quelque chose s'est mis en branle et je ne peux que suivre le mouvement.

Hier matin, dès mon réveil, je suis allée en ville. J'ai renoncé à mon petit déjeuner au Café Möller pour aller à la bibliothèque, et j'en suis ressortie en fin de matinée, mon sac plein de livres. Installée dans un café à proximité, je m'y suis plongée et je n'ai pas tardé à me dire qu'il me fallait un ordinateur. Jusqu'à présent je n'en avais pas éprouvé le besoin. J'avais pu me connecter à Internet dans les bibliothèques et les hôtels, et j'avais aussi mon téléphone. Certes, il perdait tout contact avec le monde extérieur dès que je ne m'en servais plus, mais j'avais toujours la possibilité de le réactiver en cas de nécessité. À présent, cependant, tout cela me paraissait insuffisant. J'avais besoin d'une connexion permanente et j'ai fini par acheter un ordinateur portable.

De retour dans l'appartement avec mon ordinateur et mes livres, il était temps de passer à l'étape suivante. Ma propriétaire m'avait dit que l'immeuble disposait du wifi, mais je n'avais pas pensé à lui demander le code. À quoi bon ? Je n'allais pas rejoindre un quelconque réseau, je n'avais personne à contacter, je ne comptais pas faire des recherches.

Mais à présent il me fallait ce code, et je me suis demandé comment me le procurer. J'ai d'abord pensé reprendre rendez-vous avec ma propriétaire, qui aurait évidemment oublié qu'elle avait une locataire et devait être persuadée que l'appartement était vide. Cela m'obligerait à faire en sorte que les lieux paraissent inhabités, à retéléphoner à la dame, à insister de nouveau, à la convaincre de me relouer l'appartement. Sans oublier de lui demander ce fameux code, cette fois-ci. Puis je me suis dit qu'il serait plus simple de sonner chez un autre habitant de l'immeuble et de me présenter comme la nouvelle locataire du rez-de-chaussée. Finalement je me suis souvenue de l'enveloppe que j'avais trouvée sur le paillasson le jour de mon emménagement. J'avais vu qu'elle contenait la clé de la boîte aux lettres, mais je l'avais laissée sur la table de la cuisine avant de la ranger dans un placard, car je ne m'attendais pas à recevoir du courrier. Je l'ai retrouvée, posée contre un verre à eau. En effet, ma prévenante propriétaire y avait non seulement glissé la clé de la boîte aux lettres, mais aussi un papier où elle avait noté le code wifi. En le tapant, j'ai immédiatement eu accès à tout ce qu'il me fallait.

903

C'est étrange. C'est là dès que j'ouvre les yeux : mon enthousiasme, mon énergie, mon désir de savoir. Ça m'accompagne dans la journée, me pousse à quitter l'appartement, me cloue à la table du salon. Je suis incapable de m'arrêter. Mes livres sont posés par terre, la plupart sont ouverts, il y a des papiers partout : des notes, des listes de choses à vérifier. Je suis encore allée emprunter des ouvrages et il n'y a plus de place sur les rayonnages. J'ai acheté une lampe, que je finis par allumer quand je m'aperçois que l'obscurité tombe déjà. Je m'installe dans le fauteuil avec un livre ou deux. Parfois je m'y endors, mais je regagne généralement mon lit avant de m'assoupir. Et dès le matin ça recommence. Mes recherches. Je suis incapable de m'arrêter.

En revanche, je peux les mettre sur pause. Je me suis assise dans la cour. Je me recharge. Je me repose au soleil. Mais pas longtemps.

927

Il y a d'abord une blancheur. Un réveil subit. Je pose l'ordinateur sur mon lit, je l'allume et ma matinée commence. Chaque jour, c'est pareil : j'entre le code et tout ce que j'avais découvert est effacé. Mais cela ne m'arrête pas. C'est ainsi. Je ne peux rien sauvegarder, je n'ai plus d'historique, tout a disparu pendant la nuit. C'est comme ça que je travaille. Je me réveille, j'allume, je démarre. Je me promène dans l'univers des Romains, j'engrange les découvertes, je me laisse entraîner au hasard. J'obéis à une impulsion, je cherche une réponse à une question, la curiosité me guide. Je continue, je tourne en rond, j'éclaire les recoins sombres avec une lampe-torche, je soulève un rideau, j'époussette une phrase.

À un moment je quitte mon lit et m'installe à la table. Je fais quelques courses indispensables ; dans l'après-midi, je m'assieds au soleil ; le soir, je me réfugie dans mon fauteuil. Je lis, j'essaie de me rappeler ce que la journée m'a apporté. Je me couche tard, et à l'aube tout recommence.

Au début, j'étais inquiète. Le premier soir j'ai tout emballé et posé dans mon lit, à côté de moi. Pendant la nuit, je me suis réveillée plusieurs fois, m'assurant que rien n'avait disparu. Quand je me suis levée, les câbles et les livres étaient encore là, mais j'avais perdu les informations que j'avais glanées. Comme je m'y attendais. L'historique des recherches, les documents, les articles s'étaient volatilisés. Et j'ai dû rentrer le code. Je n'en étais qu'à moitié surprise et, de toute manière, cela ne me dérangeait pas trop. C'était une forme de liberté, me suis-je dit en essayant de retrouver un article que je n'avais pas eu le temps de lire. Le monde du dix-huit novembre a quelque chose de fuyant, je sais bien que je ne peux pas le retenir. Les téléphones cessent de fonctionner, le contenu des clés USB s'efface, il faut constamment rentrer les codes, et mes recherches disparaissent pendant la nuit. Le matin, il n'en reste plus rien. Le dix-huit novembre se réveille à nouveau, frais et vierge.

C'est ainsi que je pénètre dans l'univers des Romains. Je n'ai aucun plan, aucune stratégie. Je n'ai pas besoin de supprimer mes fausses pistes, elles s'éliminent toutes seules. Je ne peux rien conserver.

J'ai ma mémoire. Je note des titres, des noms, des adresses de sites et laisse l'oubli engloutir le reste.

Et les journées passent. Les unes après les autres. Je me réveille, je me promène dans l'Histoire. Je sens croître mon cerveau. Il s'agrandit à force de se souvenir, il s'augmente de mes trouvailles. L'oubli le fait pousser, libère de la place. Le lendemain je cherche de nouveaux savoirs pour remplir les cases vides.

Je me réveille parfois en pleine nuit, ma main posée sur le couvercle froid de l'ordinateur. Je m'inquiète, j'ai le sentiment que quelque chose vient de disparaître et je sais que le processus d'oubli a commencé. La mémoire numérique est en train de s'effacer. Je me redresse. En regardant autour de moi, je constate que le monde est toujours là. J'écoute la nuit. Si la fenêtre est ouverte sur la cour, je distingue le souffle du vent dans le néflier, et je devinerai peut-être un *danke* si un fruit tombe par terre. Un lointain bruit de circulation me parvient. À moins de me rendormir avant, j'entendrai passer les premiers tramways au petit matin.

956

Comment qualifier un vide qui fait bouger les choses ? Un désir qu'on ne peut ignorer ? Une quête qui ne s'arrête jamais ? J'imagine des noms. Un besoin, une soif, une avidité, une pulsion. Je parle d'intérêt, de curiosité intellectuelle, je me dis soif d'histoire, nostalgie du passé, mais ce n'est pas précis. C'est une inquiétude ouverte, un vide qui ne mène nulle part. Je sors ma chaise dans la cour. J'écoute le néflier. Il est là, comme si rien ne s'était passé. Calme sous un léger vent.

Je veux savoir davantage. Une machine s'est mise en branle, une moissonneuse-batteuse commence son travail. Je veux avancer. Je charge mes bêtes de somme, j'attelle mes chevaux, je veux poursuivre. Je regarde à gauche et à droite, je m'arme de patience, je cherche et je récolte.

Je suis les mouvements des Romains. Je marche derrière eux quand ils percent leurs routes. Je les accompagne jusqu'aux frontières, qui ne cessent de se déplacer. Je voyage, nous élargissons notre territoire, nous voulons avancer. Je me lance derrière leur armée, je me joins aux légionnaires avec leur fourniment et leurs armes, nous nous déplaçons avec notre bétail, je partage leurs camps, je combats à leurs côtés, je les imite lorsqu'ils pillent, volent et font du commerce.

Je suis leurs ennemis et leurs alliés. Je les observe à distance. Je me poste en haut d'une colline, je me livre à des rapines sur les champs de bataille. J'emprunte un cheval, un char, je me chausse de sandales. Je voyage à dos d'éléphant, nous avançons péniblement dans la neige, nous traversons les montagnes. Je suis assise au bord de la mer, presque invisible, quand les galériens se mettent en embuscade derrière un promontoire. Je me joins aux uns et aux autres, puis je bats en retraite et me réfugie sur une côte paisible.

Je veux avancer. Je veux labourer et moissonner, je veux découvrir et engranger, je veux poursuivre mon chemin. Une porte s'est ouverte. Il y a un courant d'air. Le vent souffle à travers la pièce. Les voiles se gonflent. Un navire vogue sur la mer. Le second maître crie des ordres. Nous transportons une cargaison de blé, nous faisons partie d'une flottille. Je pense aux rats, à la vermine, aux pirates et aux tempêtes. Je grimpe au mât, je vois des ports et des phares. Je suis là quand on mesure le grain, quand on porte les sacs de blé. Je remonte le fleuve sur une péniche, j'entends le vacarme de la ville. Des édifices sortent de terre, il y a des grues, des malaxeurs, des monte-charge. Et du mortier, qui fait tenir l'ensemble.

Je cours le long des aqueducs qui se dressent fièrement. J'entends l'eau couler au-dessus de ma tête, je la vois remplir les citernes, se déverser dans les fontaines et approvisionner les maisons des villes. J'observe les égouts des Romains, les canalisations souterraines. Je veux savoir davantage. Comment les a-t-on construites, qui en a eu l'idée ? En fait, les Romains n'ont rien inventé, ils ont tout emprunté aux Étrusques. Même les aqueducs.

Je vois d'autres villes surgir dans le paysage. Des villas sur la côte. Des routes. Je suis les circuits de ravitaillement, de nouvelles provisions arrivent sans cesse, les marchandises circulent en tous sens à travers l'empire. Du sel d'Asie Mineure, de l'huile d'olive d'Hispanie. Du vin provenant des marches du Sud. Des jarres de sirop de fruit et de sauce au poisson. Et toujours du blé d'Égypte, de Sicile, de Sardaigne, des côtes d'Afrique du Nord. Tout le monde fournit du blé ; maintenant il en arrive aussi de Bretagne et on en fait même venir de la Mésie, au bord de la mer Noire.

J'entends les moulins en train de moudre, actionnés par des ânes, par l'eau et plus tard par des esclaves. Toujours des esclaves. On pétrit le pain, on forme des miches qu'on fait cuire dans des fours. On allume un feu de sarments de vigne, et je me promène maintenant dans les vignobles, dans les petites fermes et les grands domaines où les esclaves plantent, sèment et récoltent. Un esclave me jette un regard, et je m'arrête. Ma déambulation est monstrueuse. Je suis un monstre qui veut savoir davantage. Je pille leur histoire avec deux mille ans de retard, je deviens insatiable.

Je suis là quand des animaux sauvages débarquent des confins de l'empire. Des éléphants, des girafes, des crocodiles, des tigres. Je regarde les chevaux sur les champs de courses, je vois les spectateurs arriver pour assister aux combats de gladiateurs ou aux comédies, mais je veux aller plus loin, et c'est maintenant le service de poste impérial que je suis. Des lettres cachetées sont envoyées d'une ville à l'autre, d'un camp à l'autre.

J'entends les sabots des mules, je parcours les routes entre Rome et la côte, je continue jusqu'aux marches de l'empire, mais je dois aussi escalader les montagnes et descendre dans les mines, car les Romains ont besoin de métaux. Ils exploitent les gisements d'étain, ils cherchent du cuivre et du plomb, ils extraient de l'argent et de l'or. Je les vois négocier avec des transporteurs et des entrepreneurs, conquérir de nouvelles terres, acheminer du ravitaillement. Les montagnes de l'Hispanie sont excavées, on prélève de l'or en grande quantité, les mines d'étain sont presque épuisées et il faut en importer de Bretagne. Partout il y a des trous dans les paysages. Il faut de la terre volcanique de Pouzzoles pour faire du mortier. Des ports, des amphithéâtres, des établissements de bains poussent en tout lieu. Le mortier est éternel, Rome est immortelle et l'empire est sans limite.

Je passe ma journée à chercher et à faire des découvertes. Je pénètre dans les maisons, me glisse dans les chambres à coucher et les cuisines. Je hume les mets qu'on s'apprête à servir et je mange les restes, s'il y en a lorsqu'on rapporte les plats.

Mais je ne veux pas me contenter des restes. Je ruse pour apprendre les secrets des cuisiniers, les techniques des boulangers. Je prépare des nèfles au miel et des sauces aux fruits avec du raisin surmûri, je fais cuire du pain. Du *panis quadratus* ; c'est un pain au levain qu'on doit couper en biais. Je pétris la pâte et noue une ficelle autour de la miche, comme j'imagine qu'on le faisait. Puis je l'introduis dans mon four.

Je me procure des plats et des cruches, j'observe les potiers et les souffleurs de verre. L'art du verre, les Romains l'ont appris des Grecs, mais les verriers quittent maintenant les provinces méridionales en emportant du sel de la vallée de Natron, et on ne va pas tarder à fabriquer du verre partout. Pour un sesterce on a un gobelet en verre, un des moins chers, mais on en trouve de toutes les formes et couleurs, et ils se répandent dans tout l'empire, qui s'élargit comme le verre qu'on souffle. Une coupe, une vasque, un territoire qui grandit. Il s'étend vers le nord, nous nous enfonçons dans les forêts, il faut du bois pour les fours, on abat les arbres et on les transforme en charbon de bois, et le soir tombe à nouveau.

Toute la journée je cours de-ci, de-là, je suis hors d'haleine, le soir je n'en peux plus de traquer les Romains. Je m'arrête, je m'allonge sur le lit, je me calme, la nuit se termine avant même que je ne m'en aperçoive et je n'ai plus qu'à reprendre mes recherches.

981

Les journées se ressemblent. Je découvre des plans de villes et de rues, j'accumule les esquisses de maisons, d'établissements de bains, de théâtres et de ports. Je lis des récits sur les batailles et les conquêtes, sur les luttes de pouvoir, les intrigues et les meurtres. J'ai des listes de plantes vénéneuses, d'armées et de légions, des registres de butins de guerre, des catalogues de remèdes contre la cystite, les fractures et la goutte. Je télécharge des images d'outils, de vêtements, de bijoux, de coiffures féminines artistement tressées.

Je trouve des estimations et des évaluations : dimension des greniers à blé, tonnage des navires, population des villes, taille des légions. Je prends connaissance des chiffres concernant les vendanges, les récoltes d'olives, la consommation de blé par habitant et par jour, les victimes des épidémies et les besoins en eau.

C'est un chœur de voix : chroniques des historiens, inscriptions provenant des quatre coins de l'empire, graffitis, lettres, discours, poèmes, décrets et lois. J'écoute les voyageurs du passé : leur admiration devant un édifice romain, leur ébahissement devant un temple, leur plaisir mêlé de crainte en respirant les vapeurs du Vésuve. Je m'intéresse aux discussions des archéologues, aux calculs des économistes, aux controverses, aux rumeurs. Je prends connaissance des recherches anciennes, des vérités établies, des théories récentes, des dernières investigations des laboratoires, je découvre des hypothèses plus ou moins fondées.

Il n'y a plus de place dans ma mémoire. Elle est remplie de Romains qui crient, parcourent les rues et s'envoient des lettres. Elle est peuplée de chasseurs de trésors, d'arpenteurs, de maîtres d'ouvrage et d'architectes qui parcourent les siècles à la recherche de vestiges romains. Je croise dès historiens, des philologues et des archéologues, mais aussi des spécialistes des courants maritimes, des archéobotanistes, des géogénéticiens, des géographes marins et des experts en chimie archéologique.

Que les choses disparaissent pendant la nuit commence à m'inquiéter, et j'achète une imprimante. J'ai du papier et des chemises cartonnées, et je fais installer des étagères pour ranger mes dossiers. Mon imprimante ne cesse de cracher des pages : des images, des articles, des notes de toutes sortes. Heureusement, j'ai une deuxième cartouche d'encre. Le soir venu, j'imprime tout ce que j'ai découvert. J'éteins l'imprimante, range mes dossiers et me mets au lit. Et la nuit se termine avant même que je ne m'en aperçoive.

992

Mes journées sont simples, ma tête est pleine et mes nuits sont calmes. À mon réveil, je pose l'ordinateur sur mon lit. Je me plonge dans mes livres, je prends des notes. Je télécharge des illustrations, des conférences, des présentations, des articles, des vidéos. À un moment je m'installe à la table, et quand le soir tombe j'imprime tout. J'emporte les feuilles et les dossiers dans ma chambre ; au début, je les garde à côté de mon oreiller, mais après un certain temps je peux les laisser sur une chaise devant le lit. Ainsi les deux chaises me sont finalement utiles : j'en ai une pour m'asseoir et une autre pour me souvenir.

1021

J'ai découvert quelque chose d'inquiétant. En réalité, ce n'est pas une grande découverte, mais à présent cela m'effraie : chez les Romains il n'y a que des récipients.

Dans le monde, il y a des récipients. Bien sûr. Ce n'est pas ça qui me fait peur. Il y en a un dans lequel je suis tombée : le récipient du temps. Le problème n'est pas là. Mais tout ce que touchent les Romains se transforme en récipient. Il n'y a pas qu'Annona, avec son *modius.* Il n'y a pas que les verres nouvellement soufflés, les nombreux gobelets, flacons et vases. Il n'y a pas que les amphores, les bols, les pichets, les marmites, les pots, les ustensiles en bois ou en cuir. Il n'y a pas que les jarres d'olives, les bassines, les paniers tressés, ce flot quotidien de contenants qu'on ne cesse de remplir et de vider pendant que je cours entre les maisons et les ateliers des Romains. J'examine leurs récipients, je les retourne, je soulève le couvercle d'un pot et découvre qu'il peut également servir de récipient. Je repose le pot dans un monde rempli de récipients.

Je vois une femme entrer par un portail. Je la suis, et nous voilà dans un atrium entouré de chambres. Il y a une ouverture dans le toit, la maison est un récipient, la lumière y pénètre et l'eau se déverse dans le bassin quand il pleut. Les immeubles d'habitation des quartiers modestes sont également des récipients. Je les visite, j'entre sans frapper ; ce sont des récipients de plusieurs étages, avec des appartements entourant un espace vide, un jardin, un puits où tombe la lumière.

Je me promène sur les chantiers romains. On y construit des récipients, et non pas des demi-cercles et des stades en longueur, comme autrefois. Les édifices sont désormais plus élevés, les étages s'empilent, les champs de courses s'entourent de murs, les amphithéâtres deviennent des cercles fermés. Les récipients sont de plus en plus profonds, nous nous retrouvons dans des baquets, dans des boîtes, dans des jarres. Je me tiens tout en bas et je regarde vers le haut : un espace vide. Je vois le ciel, je suis tombée dans un récipient et je n'arrive pas à remonter.

Je regarde les installations portuaires de plus en plus imposantes, les entrepôts formant un arc sur les quais. Tel un bol, le port semble enfermer la mer. Les navires n'accostent pas au rivage, dans un port ouvert, une baie créée par la nature. Ils arrivent avec toute leur marchandise, des flottes entières s'approchent de terre, ramènent les voiles et pénètrent dans le bol portuaire : un récipient entouré de murs.

Je fréquente les établissements de bains, où les gens s'immergent dans les cuves des caldariums et des frigidariums. Je les suis à travers les pièces, je me plonge dans leurs piscines, je nage dans leurs natatoriums ouverts sur le ciel. Des récipients pour nageurs.

Même les temples sont devenus des récipients. Je pénètre dans le Panthéon, le sol est éclairé, au sommet de la coupole un œil tourné vers le ciel : un immense oculus. Et les rayons de soleil frappent maintenant les tombes : un mausolée qui s'ouvre vers le haut, un parmi d'autres, car il y en a partout dans l'empire. Des récipients pour honorer les morts.

Puis les villes, bien sûr. Les villes sont des récipients, ce n'est pas nouveau. Elles ont longtemps été ceintes de murs, mais Rome déborde et il faut en construire de nouveaux, plus larges, plus hauts. Et c'est tout l'empire qui se transforme en récipient, un récipient de Romains délimité par des murs. Il y en a déjà aux frontières méridionales, ils courent maintenant le long des frontières septentrionales et il en pousse en Bretagne : d'abord le mur d'Hadrien, puis celui d'Antonin, plus au nord. Et l'empire s'arrête là : la Bretagne est enfermée dans le récipient. Stop. Pling. L'image est complète.

C'est cela qui m'effraie. Que tout se soit transformé en récipient. L'empire sans frontières est désormais enfermé entre des murs, c'est un bol, une cuve, les Romains n'iront pas plus loin.

Pourquoi leur faut-il tous ces murs ? Pourquoi s'arrêtent-ils soudain ? Pourquoi ne continuent-ils pas ? Pourquoi l'empire cesse-t-il de croître, pourquoi les armées renoncent-elles aux conquêtes, pourquoi les souffleurs de verre ne veulent-ils plus élargir les frontières ? Pourquoi noue-t-on une ficelle autour de la miche pour l'empêcher d'enfler ?

Je veux savoir pourquoi. Je cherche une réponse, mais je suis tombée dans le récipient des Romains. Je me réveille, je cherche, je lis, je m'instruis. Quand le soir arrive, je me couche, et la nuit se termine avant même que je ne m'en aperçoive.

1041

Mes cercles s'agrandissent. Je fréquente les musées, j'assiste à des conférences. Je me promène dans la nature. J'ai visité l'aqueduc qui approvisionnait Cologne en eau. Je suis allée à Osnabrück et à Kalkriese, où Quinctilius Varus a perdu trente mille soldats. J'ai longé les *Limes Germanicus* pour voir des fragments du mur de frontière. Je pars à l'aube, mais je suis toujours de retour avant la fin de la journée. Je m'installe dans mon fauteuil, je lis des articles sur la fin de l'expansion de l'empire, je découvre de nouvelles théories, de nouvelles analyses, des éléments qui complètent les explications anciennes.

Je me documente sur Varus, dont les légions traversent la forêt de Teutobourg par petits groupes. Le chef des Chérusques, Arminius, lui tend une embuscade. Trois légions sont anéanties, la 17e, la 18e et la 19e, lis-je en frissonnant. Elles ne seront jamais reformées. Il y a désormais un trou dans la chaîne. J'apprends que l'empereur Auguste se frappe la tête contre un mur : *Quinctili Vare, legiones redde*, crie-t-il. Rends-moi mes légions. Mais Auguste ne retrouve pas ses légions et l'empire cesse d'avancer, car Arminius a vaincu les Romains ; quelques siècles plus tard il s'appellera Hermann et deviendra allemand. Un héros, libérateur des Germains et roi de Teutobourg. On construit un monument pour commémorer son exploit ; un temple romain, mais sans ouverture dans le toit, car Hermann trône à l'endroit où l'œil aurait dû contempler le ciel.

Comment une simple embuscade peut-elle mettre en échec une puissance mondiale ? Un vaste empire serait-il donc incapable de se défendre contre des tribus profondément divisées ? Des batailles aux frontières, des défaites, des légions perdues, les Romains en avaient déjà connu. Cela ne les avait jamais empêchés de progresser. J'hésite, je cherche des explications. Je me renseigne sur les alliances, le commerce, les maladies, les épidémies et les famines. On parle d'exploitation abusive des ressources naturelles, de champs épuisés, de la dissolution des mœurs, de l'effritement des institutions. Je pense à des monstres enfermés dans les récipients. Des monstres qui dévorent leur monde. Un historien pense que Rome se désagrège de l'intérieur. Un colosse aux pieds d'argile, obligé de construire des murs pour se protéger contre le processus de décomposition. Un autre dépoussière le mythe d'Arminius et des Germains : pendant que l'empire s'agrandit et prospère, les Barbares se nourrissent en secret et prennent des forces. Rome n'est pas en déclin ; c'est une grande puissance qui doit se défendre contre des hordes d'envahisseurs. Elle subit des pressions sur son flanc nord, sa progression est entravée. Un économiste émet l'hypothèse que les murs pourraient être des barrières d'octroi, et non pas des lignes de défense. Les Romains ne se sentent pas menacés. Ils flairent du profit. Les tribus septentrionales veulent prendre part au commerce, profiter des richesses de l'empire, et Rome construit des murs pour contrôler les échanges. Ainsi, les Romains pourront réguler les mouvements et imposer des taxes sur le passage des marchandises. Une frontière est une autre manière de croître : l'empire continue de prospérer derrière ses murs, il enfle, il lève tel un pain frais et croustillant de Pompéi. Un archéobotaniste évoque un changement climatique, parle de découvertes de traces de pollen et de nouveaux fours à pain. Voilà que c'est le seigle qui arrête la progression des Romains. On parle de méthodes de culture, de conditions de croissance, et la réponse est claire : les Romains se sont heurtés à la zone du seigle. Les pays septentrionaux sont trop froids, la culture du froment y est difficile, les récoltes sont incertaines, seul le seigle y pousse.

Assise dans mon fauteuil, je lis que les Romains se sont arrêtés tout seuls. Ils auraient pu continuer à progresser, cela ne leur aurait pas demandé de gros efforts. Ils auraient pu reconstituer leurs légions et conquérir la Germanie tout entière. Mais ils ne l'ont pas fait, car il n'y avait plus rien à conquérir. Sans froment, pas de Romains. Arminius aurait pu ménager ses forces : de toute manière, les Romains ne seraient pas allés plus loin. Leur avancée n'a été stoppée ni par la bataille de Teutobourg, ni par la possibilité de lever des taxes et impôts, ni par la décomposition intérieure. Le véritable frein, c'était l'odeur des boulangeries. Du seigle, on n'en mange que lorsque la famine guette. C'est trop amer, ça donne mal au ventre – même quand on le mélange avec de l'épeautre, d'après Pline. Et le pain noir est malsain et sent mauvais, dit le médecin Galien.

Antonin s'est arrêté, et Annona reste en plan avec son *modius*. Son récipient est vide, car elle est remontée trop loin vers le nord. Je me lève, toujours en mal d'explications. Les Romains ont-ils vraiment cessé d'avancer parce que le seigle détraquait l'intestin de Pline ?

Je sais bien que je ne trouverai aucune réponse. L'Empire romain est devenu mon miroir, je suis passée à travers et je suis incapable de repasser dans le sens inverse. J'ignore pourquoi les Romains se sont arrêtés. Peut-être n'avaient-ils plus envie de continuer. Ils ont construit un mur. Parce qu'ils ne voulaient pas aller plus loin. Leur seul désir était peut-être de vivre dans un récipient avec vue sur le ciel et sur les nuages.

1053

Mais je ne me laisse pas arrêter. Je veux avancer. Mes cercles s'élargissent. J'ai l'intention d'aller voir les murs d'Hadrien et d'Antonin. Je pense visiter d'autres parties de l'empire, mais je sens désormais un changement. Je lis, je cherche, je m'assieds au bord de l'eau pour contempler les bateaux qui naviguent sur le Rhin. Puis je retourne m'installer dans la cour, sous mon néflier.

Je me rends compte que mes recherches prennent une autre tournure. Je suis moins impatiente. J'éprouve une curiosité détachée, comme si mon zèle s'était tempéré. Pas beaucoup, mais suffisamment pour me faire frissonner dans ma cour. Je prends ma chaise et me réfugie à l'intérieur.

1064

C'est une autre forme d'enthousiasme. Un zèle prudent. Je fréquente maintenant l'université. Celle de Düsseldorf, mais aussi celles de Cologne et d'autres villes de la région.

La première fois que j'y suis allée, je me suis perdue. J'ai dû changer de tramway, car je m'étais trompée de ligne. J'ai failli abandonner, mais désormais je m'y rends presque tous les matins. Je mets mon ordinateur dans mon sac, emporte du papier, un stylo-bille et un dictionnaire et m'installe dans le tramway, parmi mes condisciples. Puis nous montons vers l'entrée principale et je choisis un cours. Pas forcément sur les Romains : je m'intéresse aussi au commerce de l'huile à Mycènes, à l'agriculture chez les Francs, aux installations portuaires grecques, à la médecine antique et à l'effondrement de l'âge de bronze au Moyen-Orient. J'ai même assisté à des cours sur les migrations préhistoriques, les découvertes d'épaves et les maladies du blé au Moyen Âge.

C'est étrange de se retrouver parmi les vivants après avoir si longtemps fréquenté des Romains morts. Je marche lentement, j'essaie de passer inaperçue en entrant dans les salles de cours, je fais la queue à la machine à café, je déambule entre les rayons de la bibliothèque. Je m'adresse à mes condisciples en anglais ou dans un allemand hésitant, je leur pose timidement des questions, on me répond avec patience, un professeur m'explique un détail, une bibliothécaire m'entraîne à la recherche d'un livre que je veux consulter.

Au début, tout cela me paraissait inhabituel. Je me sentais un peu mal à l'aise parmi les étudiants, avec leurs housses à ordinateurs et leurs sacs à dos. La plupart se promenaient sans manteau, comme s'ils étaient chez eux. J'avais l'air d'une touriste, avec ma veste sur le bras et mon gros sac en bandoulière. Sans mon sac, je me serais sentie toute nue. J'aurais pu le laisser dans l'appartement, mais je le prends toujours avec moi.

J'ai fini par repérer d'autres personnes qui détonnent légèrement : des hommes en complet-veston, des gens qui se promènent avec des sacs de voyage, des étudiants plus âgés que la moyenne. Je remarque un mouvement un peu hésitant, un regard timoré. Ainsi, mon sentiment d'être une intruse s'estompe. Je me promène en terrain connu, je n'ai plus besoin de chercher les amphis et les salles de cours, je me sens chez moi. Je connais le personnel de la cantine, je sais ce qui va se passer dans la journée, les allées et venues dans les couloirs n'ont pas de secret pour moi. Un jour, un des professeurs s'est pris les pieds dans un câble électrique pendant le cours. Désormais, je passe refaire les branchements dès mon arrivée, avant d'aller assister à un autre cours ou de participer à un séminaire.

Je freine ma curiosité. Je circule avec précaution parmi les vivants. Je ne fouille pas dans leurs sacs, je ne feuillette pas leurs cahiers. Je ne lis pas leurs lettres. Je ne les suis pas dans leurs maisons, je ne me sers pas de leurs salles de bains. Je ne photographie pas leurs bijoux, je ne tripote pas leurs chaussures. Ça ne se fait pas. On peut éventuellement se pencher pour jeter un coup d'œil sur un foulard ou un livre tombés par terre, mais on n'examine pas leur nourriture et on ne leur demande pas pourquoi ils nouent une ficelle autour de leurs miches de pain.

J'ai cherché mon reflet chez les Romains, mais je veux quitter le monde du miroir. Le soir, quand je me promène en ville, je m'aperçois dans les vitres des magasins. En passant devant le restaurant du Wiesenweg, je vois les clients attablés. Parfois, j'y entre. Je m'assieds parmi les vivants, je les salue discrètement, je ne leur pose aucune question. Puis je rentre chez moi. Je lis, je cherche, j'imprime une page ou deux, je me mets au lit, et la nuit se termine avant même que je ne m'en aperçoive.

1081

Aujourd'hui, j'ai vu mon voleur à bicyclette. Du moins, je le crois. Il descendait vivement le Wiesenweg. Ou plutôt, je l'ai entendu. C'est le bruit qui m'a fait lever la tête.

C'était en début d'après-midi. Je sortais faire quelques courses et j'avais à peine franchi la porte de l'immeuble quand j'ai entendu le bruit de casseroles de son vélo. L'engin avait besoin d'une révision, sa chaîne devait être rouillée ou son garde-boue mal accroché. Le cycliste est passé à toute allure en direction du fleuve. J'ai mis quelques secondes à localiser le bruit et à l'associer à l'homme assis sur la selle, mais dès que j'ai compris je me suis lancée à sa poursuite. Je courais aussi vite que possible, mon sac sur l'épaule. En longeant les voitures garées, je n'ai pas lâché le cycliste du regard, mais je n'ai pas pu le rattraper. Au bout d'un moment, je n'ai plus vu qu'une petite silhouette disparaissant au loin.

Saisie d'un doute, je me suis arrêtée, hors d'haleine. Était-ce réellement mon voleur ? Je n'avais pas vu son accoutrement aux couleurs de l'équipe locale, je me trompais peut-être. J'ai pourtant continué jusqu'au fleuve, en pressant le pas. Les nerfs à vif, j'ai longé les berges, mais le cycliste avait disparu.

Toujours aussi essoufflée, je me suis assise sur un banc. J'ai soudain été prise d'un sentiment de deuil, de manque. J'ai d'abord pensé que c'était la disparition du voleur qui me rendait triste. L'impossibilité de lui adresser la parole. Mais que lui aurais-je dit ? J'aurais peut-être pu lui demander pourquoi il avait volé mon sac. Mais le sac, je l'avais récupéré. Je le portais en bandoulière. Tout cela n'avait pas de sens.

Puis je me suis souvenue de mon livre des saisons. *Rends-moi mes saisons, voleur !* ai-je failli crier. Comme s'il y avait quelque chose à chercher dans un cahier rempli d'hivers, de printemps et d'étés. Je n'ai pas envie de retrouver ce cahier. Que faire de saisons construites avec des fragments de novembre ?

J'ai pensé à Thomas, qui m'a dit d'aller à Paris toute seule. À Philip et Marie, qui m'ont renvoyée avec une monnaie romaine dans une pochette. J'ai pensé à mes parents, à la promesse faite à ma mère : je trouverais une issue. En étant à l'écoute. J'ai pensé aux voyageurs dans les trains. À ma façon de leur voler de petits bouts de conversations. Je sais pourtant qu'il ne sert à rien de tendre l'oreille.

J'ai fini par me lever du banc et me diriger vers l'appartement. Sur mon chemin, j'ai fait quelques courses dans un petit supermarché. M'arrêtant devant le réfrigérateur à boissons, j'ai mis deux canettes de bière dans mon panier. J'ai soudain eu envie de me rendre au stade, d'assister au match, mais en sortant du magasin j'ai perdu tout désir, toute curiosité. Je connais le résultat, je sais qui va gagner, qui va perdre. À la fin du match, je me serais retrouvée comme avant. Enfermée dans un récipient avec vue sur le ciel et les nuages.

Quand j'ai ouvert la porte de l'appartement, une odeur de renfermé m'a saisie à la gorge. Le couloir était encombré de sacs d'ordures. De la vaisselle sale s'empilait sur la table de cuisine tachée de ronds de café. De vieux sachets de thé y traînaient, ainsi que deux bols contenant un fond de yaourt desséché. Des restes de salade moisissaient dans des boîtes en plastique. Il y avait des livres, des papiers et des cartouches d'encre vides partout. Au centre de la table gisait le sesterce romain.

Je l'ai ramassé, retourné, soupesé. Un reliquat de mes recherches romaines, abandonné au milieu des cartouches d'encre et des tasses pas lavées. Des déchets laissés par Tara Selter, toujours vivante et prisonnière du dix-huit novembre.

J'ai traversé la cuisine pour ouvrir la porte de la cour et retrouver mon néflier. J'ai sorti une chaise et emporté une bière fraîche. Tout à coup je n'ai pu m'empêcher de rire, d'abord timidement, puis à gorge déployée. Je suis certaine qu'on m'entendait dans tout l'immeuble, mais c'était le cadet de mes soucis. On a bien le droit de rire quand on se retrouve au fond d'un récipient avec vue sur le ciel. Surtout quand on ne sait pas comment on a pu y atterrir.

1106

Mes recherches ne sont plus motivées par une soif, par un désir, par une obsession. Je fréquente les salles de cours et les cantines, les musées et les bibliothèques. À la fin de la journée, je rentre chez moi. Je sais que je ne trouverai pas les explications que je cherche. Je ne découvrirai que de nouvelles questions, de nouvelles réponses.

Je me promène en ville. Je n'ai plus aperçu mon voleur. Il m'est arrivé de me précipiter dans la rue parce que j'avais cru entendre le bruit de son vélo, mais je n'ai vu personne.

J'écoute le vent, le néflier de ma cour. J'écoute le cliquetis de mon clavier, car je suis assise devant la liasse de papiers de ma chemise noire. Toutes les feuilles volantes que j'ai remplies de mon écriture, à Clairon et à Paris. Pendant mes saisons. Dans ma cage dorée. Dans mon récipient romain.

Je rentre tout dans l'ordinateur. En petits caractères. Et le soir j'imprime. J'écoute le bruit de l'imprimante crachant les feuilles, les unes après les autres. C'est mon histoire. Une histoire. L'histoire de quelqu'un. J'écoute mon histoire en la tapant, car j'ai peur de la perdre. J'ai peur des cambriolages, des incendies, de l'oubli, des disparitions, car il n'y a personne pour s'en souvenir et je me retrouverais sans rien. À part les bols de yaourt desséché et les récipients de salade moisie.

1132

J'ai compté les jours, et je pense maintenant aux coings gisant dans l'herbe, car c'est bientôt Noël. Je pourrais retourner chez mes parents et tout leur raconter à nouveau, en ajoutant les saisons et les Romains. Je pourrais leur dire que je n'ai pas trouvé mon chemin pour quitter le dix-huit novembre. Que je n'ai découvert que des récipients. Que le temps est un espace, une cuve, et que j'y suis tombée.

Mais je ne suis pas certaine d'avoir envie de quitter mon récipient. Je vais peut-être y rester. Je suis peut-être comme les Romains. Je l'ai peut-être construit moi-même.

1141

Le Nouvel An est revenu, mais pas l'hiver. Les journées sont jaunes et tièdes. Je suis assise dans la cour et je n'ai pas grand-chose à raconter. Tout est calme, car personne ne rit. J'essaie, mais je ne fais que rire en sourdine.

1144

Il ne faut jamais dire qu'on n'a rien à raconter. Ou que personne ne rit. Il est neuf heures moins le quart, je suis assise à ma place habituelle au Café Möller, j'ai trop de choses à raconter et pas assez de temps, car j'ai un rendez-vous.

Je suis arrivée tôt, et j'ai déjà commandé un café. Nous avons convenu de nous retrouver à neuf heures à une table devant la fenêtre, et j'ai quelque chose à raconter. Il ne s'agit pas des Romains. Ou peut-être que si. Il s'agit d'abord d'un homme avec un sac. Il s'appelle Henry Dale, mais ça, je ne le savais pas quand je l'ai rencontré. Il y avait tant de choses que j'ignorais. Qu'il était prisonnier d'une journée de novembre, par exemple. Du dix-huit. Que je n'étais pas seule.

Je regarde ma montre. Bientôt je le saurai. Je saurai s'il a pensé à notre rendez-vous. Je saurai s'il vient.

Non. Maintenant. Je le sais maintenant. Je le vois à travers la vitre. Il se dirige vers le Café Möller. C'est Henry D. Il arrive, et j'ai plein de choses à raconter. Mais ça attendra, car il s'approche de la porte. Il ne m'a pas aperçue, mais la porte s'ouvre, j'entends le léger bruit de ferraille de la cloche et je le vois franchir le seuil.

DE LA MÊME AUTRICE :

En vertu de la loi. Quatre récits sur l'homme, Gallimard, collection « L'Arpenteur », 1997.

Le Volume du temps, I, Grasset, 2024.

PAPIER CERTIFIÉ

Le Livre de Poche s'engage pour l'environnement en réduisant l'empreinte carbone de ses livres. Celle de cet exemplaire est de :
200 g éq. CO_2
Rendez-vous sur www.livredepoche-durable.fr

Composition réalisée par PCA

Achevé d'imprimer en mars 2025 en Espagne par
BLACKPRINT
Dépôt légal 1re publication : avril 2025
LIBRAIRIE GÉNÉRALE FRANÇAISE
21, rue du Montparnasse – 75298 Paris Cedex 06
marketing@livredepoche.com

89/4575/1